국어시간에
옛시읽기

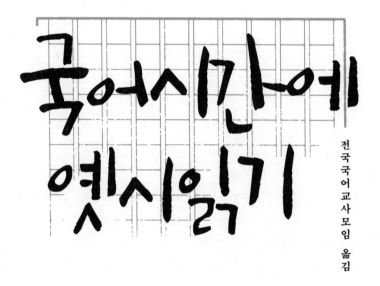

국어시간에
옛시읽기

전국국어교사모임 옮김

Humanist

옛글이라고 하면 지레 겁먹는 사람들이 많습니다. 또한 옛글이라는 낱말에 좋지 않은 고정관념을 가지고 대하는 사람들도 많습니다. 이에 대한 탓은 여러 가지를 들 수 있겠지만, 무엇보다 기존의 번역과 작품 선별이 주된 이유일 것입니다. 그에 못지않게 옛글이라고 하면 고리타분할 것이라고 여기고 멀리하는 사회의 탓도 적지 않습니다.

이 책에는 한시 83편과 옛시조 69편이 실려 있습니다. 우리는 두 가지 목표를 가지고 옛시들을 옮기고 엮었습니다.

첫 번째 목표는 한시와 시조가 독자들에게 쉽게 다가갈 수 있도록 했습니다. 그러기 위해서 되도록 쉽게 풀어 옮기고 해설을 달았습니다. 다른 책을 참고하지 않더라도 꼼꼼하게 읽으면 뜻이 통할 수 있도록 내용을 채우려고 했습니다.

두 번째 목표는 작품을 깊이 있게 읽을 수 있도록 했습니다. 해설을 통해서 다 하지 못한 것들은 '생각할 거리'를 통해서 맛볼 수 있도록 엮었습니다.

국어 시간에 작품을 가르치다 보면 난감한 것이 한둘이 아닙니다.

현대시에 비하면 옹색하지만, 하고많은 작품 가운데 기껏 몇 편도 가르치지 못하고, 더군다나 시조는 이름 그대로 노래였는데 국어 시간에 가르쳐야 한다는 어려움입니다. 게다가 시조를 당대 표기로 가르치다 보면, 옛 낱말을 현대어로 옮기는 것이 무엇보다 우선하게 되고, 그러다 보면 깊이 있는 작품 감상은 늘 뒷전이 되기 십상입니다.

　한시와 시조는 과거 우리 선조들의 유산이지만은 않습니다. 시를 읽다 보면, 시에서 이야기하는 것들이 오늘과 닿아 있는 것을 보곤 합니다. 그것은 한시와 시조가 과거의 글이면서도 오늘날에도 여전히 문제를 던지고 있다는 사실을 보여줍니다. 먼 옛날의 한시와 시조가 지금도 여전히 살아 숨 쉬고 있다는 사실을 느낄 수 있기를 바랍니다.

옮긴이들

차례

2부 시조

1장　뫼버들 가려 꺾어

2장　이 몸이 죽어 죽어

5장 동기로 세 몸 되어

1부

한시

1장
우리 인연 무거워요

이 장에는
'사랑과 그리움'을 담고 있는 작품을 모았습니다.
사랑과 그리움은
시간과 공간을 뛰어넘어
늘 우리와 함께하고 있습니다.
시, 소설을 비롯한 문학에서만이 아니라,
영화나 드라마, 음악, 미술 등
모든 예술에서 소재가 되고 있는 것이
바로 사랑과 그리움입니다.

달 뜨면 오신다더니
— 능운

달 뜨면 오신다더니
달 떠도 임은 안 오시네
아마도 우리 임 계신 곳은
산이 높아 달도 늦게 뜨나 봐

해설

달이 뜨면 오신다던 임의 약속에 화자는 초저녁부터 임이 오시나 기다렸다. 그런데 한밤이 되어 하늘 가운데 하얗게 휘영청 달이 올랐는데도 임은 오시지 않는다. 그런데도 화자는 임에 대한 원망을 드러내지 않고 오히려 임을 편들어 감싸준다. 아마도 임이 계신 곳은 산이 높아 저 달이 뜨지 않아 오시지 않았노라고.

사랑은 여러 가지로 등식화할 수 있지만, 그 가운데 하나가 '기다림'이다. 오늘날 흔하게 볼 수 있는 귀화식물인 달맞이꽃은 영어로 'Evening Primrose', 꽃말은 '기다림'이다. Tony Orlando & Dawn이 부른 〈떡갈나무에 걸린 노란 리본(Tie A Yellow Ribbon Round The Ole Oak Tree)〉도 사랑은 기다림이란 것을 노래한다.

16

꿈

—이옥봉

임이여, 요즈음은 어떻게 지내시나요
달이 창에 들 때면 제 설움 끝이 없습니다
만약 내 꿈이 다니는 자취가 있다면
문 앞 돌길은 이미 모래가 되었으리라

해설 ···

이옥봉의 남편인 조원의 후손 조정만의 문집《오재집》에 실린〈이옥봉 행적〉을 보면, 이 시가 창작된 배경이 다음처럼 실려 있다.

"옥봉은 조원과 혼인하면서 시를 짓지 않겠다고 약속했는데, 어떤 일로 옥봉이 써준 시 한 편이 관가의 판결에 영향을 미치게 되는 일이 일어났다. 조원이 약속을 지키지 않았다고 옥봉을 친정으로 내쫓았다. 친정으로 쫓겨나 쓴 시가 바로 이 시이다."

시를 지어 쫓겨난 한스러움과 남편에 대한 그리움이 깊이 담겨 있다. 조정만은 이 시를 두고, "말뜻이 슬프고 애처로워 사람들을 깊이 감동시켰다."라고 했지만, 조원은 이옥봉을 다시 받아들이지 않았다.

까치 소리
—이옥봉

약속해 놓고선 왜 안 오시나
뜰의 매화는 다 지려 하는데
가지 위 까치 소리 들려와
하릴없이 거울 보고 눈썹 그리네

해설

시간이 흘러 봄이 간다. 뜰에 핀 매화꽃도 한 잎 두 잎 지고 있다. 매화꽃 피기 전에 오겠다던 임은 꽃이 다 져가는데도 오시질 않는다. 피어 있는 매화꽃이 다 질까 조마조마하다. 그때 문득 나뭇가지 위에서 까치가 운다. 아침에 까치가 울면 좋은 일이 있다는 속담을 떠올린다. 화자는 그토록 기다리던 임이 오는 줄만 알고 거울을 보고 눈썹을 그린다. 그러나 그것은 하릴없는 짓이다. '하릴없이'라는 말에는 깊은 슬픔이 배어 있다.
이옥봉은 양반의 딸로 태어났지만 서녀였기 때문에 정실부인이 되지 못하고 조원(1544~1595)의 첩이 되었다. 그녀의 시는 후손이 엮은《가림세고》에 서른두 편이 전한다.

18

그리는 꿈
—황진이

그리운 임은 꿈에서나 만날 뿐
내가 임을 찾아갈 때 임은 나를 찾아왔네
아득하여라 바라거니 다른 날 밤 꿈에는
오가는 그 길에서 임과 함께 만나기를

이 시의 원래 제목은 '상사몽'이다. '사랑하는 사람을 그리는 꿈'이라는
이 제목은 수선화과의 여러해살이풀인 상사화를 떠올리게 한다. 잎이 있
을 때는 꽃이 없고, 꽃이 필 때는 잎이 없는 꽃.
시에 등장하는 화자와 임도 마찬가지다. 화자가 임을 찾아갈 때, 임도 화
자를 찾아간다. 그래서 화자와 임은 만날 수가 없다. 그래서 화자는 다른
날 밤 꿈에서라도 오가는 그 길에서 만나기를 소망한다. 간결하면서도
재미있는 상황 묘사이다. 이 시를 쓴 황진이는 당시 개성의 명사인 서경
덕, 빼어난 경치로 유명한 개성의 박연폭포와 더불어 '송도(지금의 개성)
삼절'이라 불렸다.

그대를 떠나보내며
—정지상

비 갠 긴 둑에 풀빛 푸른데
남포°에서 그대를 보내니 노랫가락 구슬퍼라
대동강 물은 어느 때나 마를 것인가
해마다 이별의 눈물 푸른 물결에 더해가노니

• 남포: 평양 대동강 남쪽에 있던 포구.

해설 ···

헤어짐은 누구나 겪는다. 화자도 그런 헤어짐을 아프게 이야기한다. 봄
날 비가 그치니 풀들이 더 푸르다. 푸른 풀빛은 화자의 아픈 마음과 대비
되어 화자의 비극적 심정을 더욱 심화시킨다. 늘 보던 풀빛이지만 그것
이 더 푸르게 보이는 것은 화자의 마음이 그만큼 아프기 때문이다. 얼마
나 많은 눈물을 흘렸기에 화자는 대동강 물이 마를 리가 없다고 말하는
것일까? 우리 한시 가운데 헤어짐을 이렇게 아름답게 노래한 시는 찾아
보기 어렵다.

말없이 이별하다
— 임제

열다섯 살 아리따운 처자
부끄러워 말도 못 하고 헤어졌네
돌아와 안팎 문 닫고는
배꽃처럼 하얀 달 보며 눈물짓는다

해설 ···

셰익스피어의 〈로미오와 줄리엣〉에서 줄리엣은 열네 살이다. 우리 고전
소설인 〈숙향전〉의 숙향은 열다섯 살, 〈춘향전〉의 춘향은 열여섯 살이다.
이 시의 주인공도 열다섯 살의 아리따운 아가씨다.

아마도 남편일 것으로 보이는 임. 그런 임에게 무슨 일이 생겼는지, 화자
는 작별이 말도 제대로 못 한 채 갑작스럽게 헤어진 듯 보인다. 임을 보내
고는 문을 닫고 들어온 화자. 수줍어 제대로 말도 건네지 못한 걸 후회하
며 배꽃처럼 하얀 달(또는 달빛 비친 배꽃)을 보며 눈물짓는다. 순수함과 수
줍음, 애정과 그리움 등의 미묘한 감정들이 섬세하게 그려져 있다.

가을밤 길어라

—성현

가을밤 길어라 가을밤 길어라

구름 사이로 밝은 달빛 맑게 흐르는데

하늘은 맑고 이슬은 함빡

난초 잎 돋고 국화꽃 피었네

임은 아득히 멀리 있고

나는 눈물 흘리며 빈방에서 시름하네

기러기 남쪽으로 날아오지만

임에게선 편지가 없네

길은 험하고 멀어

꿈에서도 아득하여라

밤 깊어 다듬이 소리에 애가 끊어지는데

적막한 비단 이불 누굴 위해 향기롭나

해설 ....

길고 긴 가을밤, 구름 사이로 달빛이 맑게 흐른다. 난초는 새잎이 돋고 국
화는 꽃을 피웠다. 편지를 전한다는 기러기가 남쪽으로 날아오지만 임에
게서는 편지가 없다. 화자는 그런 야속한 임과의 거리가 꿈속에서도 아
득히 멀다고 하소연한다. 빈방을 지키는 화자의 외로움은 깊은 밤까지
이어지는 다듬이 소리와 적막한 비단 이불을 통해 더욱 크게 느껴진다.

22

댓잎 소리
—이우

창에 눈보라 치고 촛불 희미한데
달빛에 소나무 그림자 처마에 어른댄다
밤 깊어 알겠네, 산바람 지나는 줄
담 너머 쓸쓸한 댓잎 소리

해설 ···

이 시는 시인이 강원도 관찰사로 있던 시기에 쓴 것으로, 관동 지방을 유
람하며 보고 느낀 감상이 녹아들어 있다. 시인은 눈 오는 겨울, 우계현(오
늘날 강릉시 옥계면) 객사에 들었다. 창에는 눈보라가 치고 방 안은 썰렁하
다. 문틈으로 새어 들어오는 바람에 촛불이 흔들린다. 밖을 내다보니, 체
로 거른 듯 비치는 달빛에 소나무 그림자가 처마에 내렸다. 객사 담장 너
머에서는 바람에 댓잎 소리가 쓸쓸하게 들린다. 그것은 밖에 불어오는
차가운 산바람이기에 화자를 더욱 감상적으로 만든다.
'희미하다, 어른댄다'라는 시각적 시어와 '지나는 산바람, 담 너머 댓잎
소리'라는 청각적 시어는 객지에서 느끼는 화자의 쓸쓸함을 더욱 짙게
만든다.

우리 인연 무거워요

— 허봉

생각하면 근심은 어쩌지 못하고
서로 만나면 뜻은 깊어져요
소양정 아래 흐르는 물이
우리 두 사람 마음이에요

어제저녁 봄바람이 세차더니
꽃이 날려 하늘에 가득하네요
화장 그만두지 않으니
좋은 봄도 서글프네요

험한 비탈길 지나고
굽이굽이 돌아 하늘에 올라요
제 마음 깊고 얕음 묻지 마세요
동해도 건널 수 있어요

강에는 비가 계속 내리고
구름이 푸른 산을 둘렀어요
우리 인연이 무거우니

당신 떠나게 하지 않을래요

비단으로 치마끈을 만들어
허리에 둘러요
그 치마끈 푸는 날은
당신 돌아올 때랍니다

세상사 늘 근심이라
헤어짐이 따라오네요
무정하여라, 산길은
왜 나누어진 건가요

해설 ··········

허봉은 허난설헌의 오빠이자 허균의 형이다. 1585년, 서른다섯 살의 허봉은 춘천 지방을 방랑하며 지냈는데, 이 시는 당시 화천 지방에서 불리던 노래를 채록해 기록한 것으로 보인다.

'화장', '당신', '치마끈' 등은 이 노래의 화자가 여자임을 알려준다. 화자는 임에 대한 그리움과 임과의 이별로 인한 아픔을 노래한다. 화자는 소양정 아래 흐르는 물처럼 깊은 사랑을 떠올리기도 하고, 봄바람에 떨어져 날리는 꽃을 보고 이별의 아픔을 노래하기도 한다. 그러나 화자의 사랑은 굳고 단단하다. 넓고 넓은 동해를 건널 수 있을 만큼 강하다. 임을 만나기 위해서라면 어떤 어려움도 이겨내리라는 화자의 의지가 드러난다.

그리워라, 저 북쪽 바닷가
— 김려

그대 어딜 생각하나
그리워라 저 북쪽 바닷가
생각하면 할수록 더욱 생각나
내 넋은 슬프게 스러질 뿐
넋은 스러져도 생각은 멈출 수 없어
어리석은 듯 미친 듯 또 부끄러운 듯
방 안을 서성이며 혼잣말하니
구곡간장 끊어지고 괴로이 머리 숙이네
천 번 만 번 생각해도 어쩔 수 없어
차라리 이젠 생각을 끊어야지
생각 끊자 해도 끊지 못하고 또 생각하니
간과 허파가 타는 듯 마음 서러워

1797년 김려는 강이천의 사건(천주교의 교리를 공부하며 민심을 어지럽힌다는 죄목으로 신유박해 때 목이 잘려 죽은 사건)에 연루되어 부령으로 유배되었다가 1801년 진해로 유배지가 옮겨지고 1806년까지 유배 생활을 한다.

진해 유배 중에 부령을 그리워하며 쓴 것이 〈사유악부〉 290편이다. 이 작품은 〈사유악부〉의 맨 마지막 편이다. '사유(思牖)'는 생각하는 창문이란 뜻이다. 그는 진해로 유배지가 옮겨진 다음 이전 부령에서 만난 사람들에 대해 각별한 애정을 가지고 직접 보고 겪은 그들의 삶을 생생하고 사실적으로 묘사하고 있다. 김려의 〈사유악부〉를 통해 부령이 비로소 우리 문학에 등장하게 되었다.

1. 〈달 뜨면 오신다더니〉의 3구와 4구에 담긴 화자의 정서를 말해보자.

2. 〈꿈〉의 구성 방식을 설명해 보자.

3. 〈까치 소리〉에서, '하릴없이(虛)'에 들어 있는 화자의 마음을 말해보자.

4. 〈그리는 꿈〉을 읽고, 다음 물음에 답해보자.
   (1) 2구를 한자성어로 설명해 보자.
   (2) 화자가 현실에서 그리운 이와 함께할 수 없음을 드러내는 구를 찾아보
      고, 그 이유를 추측해 보자.

5. 〈그대를 떠나보내며〉를 읽고, 다음 물음에 답해보자.
   (1) '비 갠 뒤 푸른 풀빛'이 화자에게 가져다주는 느낌을 말해보자.
   (2) 3구와 4구의 관계를 말해보자.

6. 〈말없이 이별하다〉에서, 임에 대한 사랑과 자신의 감정을 드러내지 못하
는 한스러움이 드러난 구절을 찾아보자.

7. 〈가을밤 길어라〉를 읽고, 다음 물음에 답해보자.
  (1) 가을을 알려주는 시어와 구절을 찾아보자.
  (2) 임과 떨어져 홀로 있는 화자의 처지를 보여주는 시어를 찾아보자.
  (3) 임과 떨어져 있는 아픔이 가장 크게 나타난 구절을 찾아보자.

8. 〈댓잎 소리〉에서, 화자가 댓잎 소리를 쓸쓸하게 느끼도록 만든 상황을 설명해 보자.

9. 〈우리 인연 무거워요〉의 다음 구절에 담긴 뜻을 말해보자.
  (1) 소양정 아래 흐르는 물이 / 우리 두 사람 마음이에요
  (2) 화장 그만두지 않으니 / 좋은 봄도 서글프네요
  (3) 제 마음 깊고 얕음 묻지 마세요 / 동해도 건널 수 있어요
  (4) 그 치마끈 푸는 날은 / 당신 돌아올 때랍니다

10. 〈그리워라, 저 북쪽 바닷가〉에서, 아래와 같은 표현이 나타난 구절을 찾아보자.

반어(irony): 표현의 효과를 높이기 위해 실제와 반대되는 뜻의 말을 하는 것을 일컫는 문학 용어. 못난 사람을 보고 "잘났어."라고 한다든지, 너무 웃기는 일이 일어났을 때 "우습지도 않군." 하는 것을 반어라고 할 수 있다.

2장
눈 오는 밤 산중에서

이 장에는
'자연과 한정'을 노래하는 작품을 담았습니다.
'자연(自然)'은 말 그대로 '스스로 그러함'이며,
그리스어에서는 '그 안에 운동 원리를 가진 것'으로,
동양과 서양이 다르지 않았습니다.
한가로운 마음을 뜻하는 '한정(閒情)'이라는 말은
우리 선조들이 자연을 어떻게 대했는지를
잘 보여줍니다.

밤
—이산해

한 배에 세 자식을 낳았는데
가운데 놈은 두 면이 평평하다
가을이라 앞서거니 뒤서거니 떨어지니
누가 형이고 아우인지 알기 어렵구나

해설

밤알을 싸고 있는 겉껍데기를 밤송이라고 하는데, 밤송이 하나에는 보통 밤알이 세 톨 들어 있다. 이 세톨박이 밤의 중간에 박힌 밤톨을 가운데 톨이라고 하는데, 양쪽 면이 평평하다. 가을이 되어 밤이 여물면 밤송이가 네 갈래로 벌어지고 밤알이 떨어진다. 이렇듯 밤알이 떨어질 땐 세 톨 가운데 어느 것이 먼저랄 게 없다. 그래서 세 톨 가운데 누가 형이고 누가 아우인지 알기 어렵다고 한 것이다.

제목 없이 이 시를 읽고 밤알을 떠올릴 수 있는 사람이 갈수록 줄어든다. 이 시는 이산해가 일곱 살 때 지었다고 한다. 해맑은 동심이 재미있게 묻어난다.

밤

—지은이 모름

서리 뒤에 나온 밤톨 빨갛게 익어
새벽 숲에서 주우니 이슬이 묻었다
아이 불러 화롯불에 굽게 하여
옥 껍데기 태우니 금 구슬이 나온다

해설

서리 내린 뒤로 한 톨 두 톨 빨갛게 익어 떨어진 밤톨이 선명하게 떠오른다. 새벽 숲에서 줍는다는 것으로 보아 자기 밤나무는 아닐 터. 나무에 달린 것만 따지 않는다면 주인도 나무라지 않고 줍는 사람도 남의 밤을 훔친다고 생각하지 않던 시절이 있었다. 그러니 남에게 뒤질세라 아침 이슬이 채 마르기도 전에 남의 밤나무 밑에 떨어진 밤을 줍고 있던 것이다. 불기가 남아 있는 화롯불에 둘러앉아 밤을 구우니, 옥같이 반질반질하게 윤기가 흐르는 껍데기가 타고 금과 같은 밤알이 튀어나온다. 할아버지와 손자가 오순도순 밤을 까먹는 모습이 손에 잡힐 듯 선하다.

고추잠자리
—이덕무

담장의 가는 무늬인 듯 오지그릇* 금 간 듯
개(个) 자 모양 어지러이 흩어진 푸른 댓잎인 듯
우물가 가을볕에 그림자가 어른어른
붉은 허리 아리따운 고추잠자리

* 오지그릇: 붉은 진흙으로 만들어 볕에 말리거나 약간 구운 다음, 오짓물(그릇에 윤이 나게 하는 잿물)을 입혀 다시 구운 그릇.

해설 ··

우리나라 초가을에 흔히 볼 수 있는 고추잠자리의 모습을 재미있게 그려 냈다. 화자는 담장의 가는 무늬처럼 생겼다고도 하고, 오지그릇에 간 금처럼 생겼다고도 한다. 또 한자 개(个) 자처럼 생겨서 어지럽게 흩어진 댓잎을 떠올린다. 가을볕에 하늘하늘 난다. 화자는 동심으로 돌아가 어린아이의 시선으로 고추잠자리를 바라보고 그림을 그리듯 시를 지었다.

한송정
—장연우

달빛 하얀 한송정의 밤
물결 잔잔한 경포의 가을
슬피 울며 오고 가는
신의 있는 모래 위 갈매기 하나

해설 ·····

한송정은 강원도 강릉에 있었던 정자로, 언제 세워졌고 없어졌는지 알
수 없다. 이 시는 늦은 밤 한송정에서 바라본 풍경과 갈매기에 투영된 화
자의 심정을 표현하고 있다.

이덕무이 《청장관전서》를 통해 볼 때, 이 시는 장연우의 창작이 아니라
이전에 향찰로 전해지던 고려가요 〈한송정곡〉을 한시로 옮긴 것임을 알
수 있다.

산속에 살면서
—이인로

봄은 가도 꽃은 아직 있고
하늘은 갰는데 골은 침침하다
두견이 한낮에 우니
비로소 깊은 골에 사는 줄을 깨달았네

해설 ···

계절을 느끼며 살아가지 못하는 현대인들에게 이 시는 조금 낯설다. 봄
이 가도 꽃이 아직 남아 있는 것은 화자가 높고 깊은 산에 있기 때문이다.
그래서 골짜기도 어두침침하다. 여기까지는 누구나 쉽게 떠올릴 수 있는
사실이다. 그런데 두견이 한낮에 우는 것을 보고 '비로소' 깊은 골에 사는
줄 깨달았다는 것은 무슨 의미일까?

이는 두견이 밤에만 우는 새라는 사실을 떠올려 본다면 쉽게 짐작할 수
있다. 깊은 골이다 보니 해가 잘 들지 않아 두견조차 한낮에 운 것이다.
봄날 산속에서 살아가는 화자의 쓸쓸한 모습이 떠오른다.

눈 오는 밤 산중에서
— 이제현

종이 이불* 썰렁하고 등불은 어두운데
사미승은 밤새도록 종을 울리지 않네
자는 손이 일찍 문 연다고 성내겠지만
암자 앞 소나무에 쌓인 눈을 보려 함이네

• 종이 이불: 목화가 들어오기 전에, 종이를 넣은 이불.

해설 ·······

밤새 눈이 내리고, 화자는 등불이 희미한 차가운 방에 들었다. 어린 스님
은 추운 바깥에 나가기 귀찮아 게으름을 피우고 종을 울리지 않는다. 화
자는 눈 내린 산사의 아침 풍경이 못내 궁금하다. 화자는 궁금증을 이기
지 못하고 아침 일찍 문을 열고 소나무에 쌓인 눈을 바라본다. 맑고 산뜻
하다.

일찍이 서거정은 이 시를 두고, "이 시는 산가의 눈 내리는 밤의 기묘한
정취를 잘 묘사하였으니, 읽는 사람으로 하여금 입안에 깨끗한 이슬을
머금은 듯한 기운이 나오게 한다."라고 평했다.

신설(新雪)
―이숭인

세밑 하늘 아득하더니
새로 눈이 산천에 두루 내린다
새들은 산속에서 나무를 잃고
스님은 바윗가 샘을 찾는다
굶주린 까마귀 들에서 울고
언 버드나무 냇가에 누웠다
어느 곳에 인가가 있는지
먼 숲에서 흰 연기가 난다

해설 ....

제목 '신설(新雪)'은 '새로 내려 쌓인 눈'이란 뜻이다. 한 해가 끝날 무렵
인 섣달그믐께(세밑), 눈 위에 새로 눈이 내려 쌓인다. 세상이 온통 눈으로
뒤덮여, 새는 둥지를 찾지 못하고 스님은 매일같이 물을 긷던 바윗가 샘
을 더듬거리며 겨우 찾는다. 모이를 찾지 못한 새는 배가 고파 울고, 시냇
가 버드나무는 눈꽃을 안고 휘었다. 이 모두가 섣달그믐께에 내린 눈 때
문이다. 보일 듯 말 듯 저 멀리 숲에서 흐릿하게 피어오르는 흰 연기는 사
람 사는 곳이 있음을 알게 해준다. 종잡을 수 없는 소란스러움과 맑고 깨
끗한 고요함이 한 장의 수묵화처럼 섞여 있다.

남은 꽃
—임억령

옛 절 앞에서 또 봄을 보내는데
남은 꽃 비 따라 옷에 어지러이 붙네
돌아오는 소매 가득 맑은 향기 있어
무수한 산벌이 사람 따라 멀리 왔네

해설 ··

오래된 절 앞에서 또 봄을 보낸다. '또'라는 글자에는 '헛되이'라는 의미
가 배어 있다. 마치 김영랑이 봄을 보내며 모란이 지는 것을 보고 보람이
무너진 것으로 생각했듯, 세월은 사람을 기다리지 않고 그저 흘러간다.
봄이 마지막에 남은 꽃이 옷에 떨어져 소매 가득 향기가 스며들었다. 그
향기와 함께 무수한 벌들이 시인을 따라 산 아래로 내려왔다. 시인은 봄
을 가지고 집으로 돌아온 것이다.

삼각산
— 윤두수

산은 구름 속에서 뾰족하게 드러났고
구름은 산 밖에 가로 비껴 자욱하다
스님은 조암에서 내려오는 것이리니
묻노니 가는 봄꽃이 얼마나 남았던가

동풍 십 리 길 들꽃이 향기로운데
말 가는 대로 가니 어느덧 석양이다
본디 산을 사랑해 마음 홀로 이르니
숲길 한 줄기가 긴 줄을 몰랐어라

해설

북한산은 가장 높은 봉우리인 백운대를 중심으로 인수봉, 만경대로 이루어져 삼각산으로도 불린다. 산은 온통 구름으로 둘러싸여 제 모습을 온전히 보여주지 않는다. 그 구름 사이로 스님이 산을 내려온다. 화자는 스님을 불러세우며 가는 봄, 남은 꽃이 얼마나 있더냐고 묻는다. 봄을 보내는 화자의 안타까운 마음이 느껴진다.

따스한 봄바람에 십 리가 들꽃 향기로 가득하다. 말에게 몸을 맡기고 정처 없이 가다 보니 어느덧 산에 이르렀다. 가느다란 숲길을 어떻게 지나왔는지도 모를 만큼 화자는 산과 하나가 된 것이다.

홍경사
— 백광훈

가을 풀 고려의 절
오래된 비엔 학사의 글
천 년 흐르는 물
저물녘 돌아가는 구름

해설

시인은 저물녘 홍경사를 지나며 경물(계절에 따라 달라지는 경치)과 조화시
켜 감회를 읊었다. 홍경사는 충남 천안에 있던 절로, 백광훈이 들렀을 땐
시든 가을 풀만 우거지고 절터만 남았을 것이다. 오래된 비석엔 글만 쓸
쓸히 남았다. 그러나 물은 천 년 동안 끊임없이 흐른다. 천 년을 흐르는
물은 시든 가을 풀로 뒤덮인 옛 절터와 그곳에 남은 비와 대비된다.
시인은 서물녘 돌아가는 구름을 통해 시간의 흐름에 대한 감회를 드러낸
다. 홍만종은 《소화시평》에서 이 시를 "우아하고 뛰어나 예로부터 이만
한 것이 없다."라고 평가했다.

그림
—이달

눈이 초가집 처마 대나무를 누르고
사람은 드물고 시골길은 어렴풋하다
반드시 시인이 있으리라
날이 추워 문을 닫고 있을 뿐

해설

제목 그대로, 그림을 읊은 시이다. 처마 위 초가집 지붕에는 눈이 소복하
게 쌓였을 것이다. 길은 보일 듯 말 듯 희미한데 사람 발길은 끊겼다. 이런
풍경에는 시인이 빠질 수 없는데, 화가는 그림 속에 시인을 그려 넣지 않
았다. 그 대신 시인은 날이 추워 문을 닫고 있다고 멋진 상상력으로 살려
놓았다.

시 속 시인은 아마도 평생 동안 시 짓는 일에 몰두해, 몸 붙일 곳 없이 사
방으로 떠돌며 가난하게 늙어간 이달 자신일 것이다.

강마을의 저녁

―홍가신

멀리 강가엔 나무가 푸르고
강촌엔 저녁연기 피어오른다
고기잡이를 마친 한 어부
빈 배엔 밝은 달빛만 가득하다

이 시는 먼 곳에서부터 가까운 곳으로 시선을 이동하며 강촌의 저물녘
풍경을 그리고 있다. 멀리 한 줄기 강물이 흐르고 나무가 푸른빛을 띠고
있다. 마을엔 저녁밥 짓는 연기가 굴뚝에서 피어오른다. 고기잡이를 마
치고 한 어부가 집으로 돌아오는데, 빈 배엔 밝은 달빛만 가득 담고 있다.
이는 월산대군이, "무심한 달빛만 싣고 빈 배 저어 오노라."라고 한 것과
비슷하다. 자연 속에서 유유자적하는 강촌의 한가로움이 잘 나타난다.

스님의 봄 일
―임유후

산이 절을 에워싸 돌길 가파른데
골짜기 그윽하여 구름과 안개에 잠겼네
스님은 봄에 일 많다고 투덜대누나
아침마다 문 앞에 떨어진 꽃잎 쓴다고

해설 ....

돌길도 가파른 깊은 산속 절. 골짜기는 구름과 안개로 뒤덮였다. 절 문 앞
에서 만난 스님은 일이 많다고 투덜댄다. 이 한적한 산사에 무슨 일이 많
을까, 화자는 스님에게 물어본다.
"어이구, 웬 꽃이 이리 끝도 없이 피고 지는지. 아침마다 저놈의 떨어진
꽃을 쓸어 담는다고 바빠 죽겠습니다. 쓸어도 쓸어도 끝이 없어요." 엄살
도 이 정도면 수준급이다.

1. 이산해의 〈밤〉은 제목을 보지 않고 무엇을 말하고 있는지 알기 어렵다. 다음 두 시의 제목을 추측해 말해보자.

　　네가 있어 깊은 밤에도 사립문 번거롭게 여닫지 않아
　　사람과 이웃하여 잠자리 벗이 되었구나
　　술 취한 사내는 너를 가져다 무릎 꿇고
　　아름다운 여인은 널 끼고 앉아 살며시 옷자락을 걷네
　　단단한 그 모습은 구리 산 형국이고
　　시원하게 떨어지는 물소리는 비단 폭포를 연상케 하네
　　비바람 치는 새벽에 가장 공이 많으니
　　한가한 성품 기르며 사람을 살찌게 한다
　　—김병연

　　돌아가던 개미는 구멍 찾기 어렵고
　　돌아오던 새는 둥지 찾기 쉽다
　　복도에 가득해도 스님은 싫어하지 않고
　　속세 사람은 하나도 많다고 싫어한다
　　—정곡

2. 〈밤〉(지은이 모름)에 나타난 중심적인 감각 이미지를 말해보자.

3. 〈고추잠자리〉에서, 고추잠자리의 보조관념들을 찾아보자.

4. 〈산속에 살면서〉를 읽고, 두견이 한낮에 우는 것을 보고 화자가 비로소 깊은 골에 사는 줄 깨달은 이유를 말해보자.

5. 〈눈 오는 밤 산중에서〉를 읽고, 화자와 사미승이 했을 법한 말을 정리해 빈칸을 채워보자.

> 사미승: 어휴, 추워. (   ) 주지스님께서 뭐라 안 하시겠지. 잠이
> 나 더 자야겠다.
> 화자: 종 울릴 때가 됐는데……. 사미승이 게으름을 부리는 게로군.
> (   )
> 사미승: 새벽부터 누가 이렇게 수선을 피울까? 아, 저녁에 든 그 손님인가
> 보구나. 지겹도록 보는 눈이 뭐가 새삼스럽다고 저렇게 (   )
> 난 잠이나 자야겠다.

6. 〈신설(新雪)〉을 읽고, 다음을 말해보자.
   (1) 신설이 내려 변화한 모습들
   (2) 지배적인 심상

7. 〈남은 꽃〉의 화자가 절에서 가지고 내려온 것을 말해보자.

8. 〈삼각산〉의 두 번째 수에서, '숲길 한 줄기가 긴 줄을 몰랐어라.'라고 말한 것을 다음 설명을 참고해 한자성어로 말해보자.

> 말 가는 대로 맡겨두고 산에 이르고 보니 가느다란 숲길을 어떻게 지나왔

는지도 모를 만큼 화자는 산과 하나가 된 것이다.

9. 박목월의 시 〈불국사〉를 찾아 읽고, 〈홍경사〉와 〈불국사〉가 명사로 시행을 끝맺어 거둔 효과를 말해보자.

10. 〈그림〉과 다음 시를 읽고, 두 시의 공통점을 말해보자.

산에는 새 한 마리 날지 않고
길에는 사람의 자취 끊어졌다
외로운 배엔 삿갓 쓴 늙은이
홀로 낚시한다, 겨울 강엔 눈만 내리고
─유종원, 〈강설〉

11. 〈강마을의 저녁〉에서, 4구의 의미를 말해보자.

12. 〈스님의 봄 일〉을 읽고, 스님처럼 엄살을 부린 경험을 말해보자.

3장
작별

이 장에는
'벗과의 우정'을 담고 있는 작품을 모았습니다.
박지원은 벗을 두고
'두 번째 나'라고 하였습니다.
이 장을 통해
우리 선조들은 그러한 벗을 두고
어떻게 우정을 만들어가고
관계를 만들어갔는지
살펴볼 수 있습니다.

눈 속에 친구를 찾아갔다가
—이규보

눈빛이 종이보다 희어
채찍으로 내 이름을 썼다
바람아 눈 쓸지 말고
벗이 올 때까지 남겨두어라

해설 ···

친구를 찾아갔다. 친구는 없고 그냥 헛걸음으로 돌아와야 할 처지다. 말
위에서 보니 눈이 종이보다 하얗다. 말 위에서 채찍으로 눈 위에 내 이름
을 썼다. 혹시나 바람이 불어 눈 위에 적어둔 내 이름이 지워질까 걱정스
럽다. 친구가 돌아와 내 이름을 볼 때까지 바람이 불지 않았으면…….
요즘처럼 바로바로 소식을 전하기 어렵던 시절, 친구에게 내가 다녀간
것을 재미있게 그려내고 있다.

작별
—임제

비로 또 하룻밤 같이 지내고
비 갠 아침 헤어지기 괴롭다
그대 말리는 내 마음 부끄러워라
앞 강에 내린 비보다 못하구나

해설 ·····

다행히 지난밤 비가 내려 친구와 하루를 더 같이 보낼 수 있었다. 아침에
깨어보니 비가 그쳐 야속하기만 하다. 이제 떠나려는 친구를 더 이상 붙들
밀이 없다. 강물을 불린 저 비만도 못한 화자의 마음이 부끄럽기만 하다.
박지원은 친구를 '두 번째의 나'라고 했다. 영어에서 '친구(friend)'는 '사랑
하는 사람(lover)'의 뜻을 가진 말에서 나왔다. 아무 말 없이 하룻밤을 보낼
수 있는 친구가 그리운 시대에 우리는 살고 있다.

여관의 등잔불
—이정

여관의 새벽 등불은 희미하고
외로운 성에 가을비 가늘다
그대를 생각하는 마음 끝이 없어
천 리나 긴 강물처럼 흐른다

해설 ··

화자는 어느 가을 여관에 들었다. 객지에서 느끼는 쓸쓸함과 시름으로
새벽이 되도록 잠을 이루지 못하는데, 가랑비가 소리 없이 내린다. 왜 화
자는 밤이 깊도록 잠을 이루지 못했을까? 바로 천 리나 흐르는 긴 강물처
럼 끊임없이 그대를 생각하기 때문이다.

한편으로 여관, 가을, 가랑비라는 소재는 화자가 객지에서 느끼는 외롭
고 쓸쓸한 심정을 효과적으로 드러낸다. 이정은 성종의 형으로, 우리에
게 월산대군이란 이름으로 더 잘 알려져 있다.

이별

—오윤겸

둘 모두 흰 머리카락 드리웠으니
이날 새삼 멀리 이별할 때가 아니라네
이별에는 헤어짐의 괴로움 말할 뿐
서로 다시 만날 날을 말하지 못하네

해설 ···

헤어지는 두 사람 모두 늙어버려, 이제 서로 헤어지면 다시 만날 날을 기약하기 어렵다. 마음 아프지만 헤어짐은 막을 수 없다. 삶에 죽음이 따라붙듯, 만남엔 반드시 헤어짐이 있기 마련이다. 그래서 두 사람은 서로 헤어지는 아픔을 이야기한다.

그러나 누가 알겠는가? 헤어짐의 아픔보다 더 큰 그리움이 있을 줄을. 그렇지만 그것은 이날 다음의 문제이니, 우선은 헤어짐의 아픔을 나누는 수밖에 없는 것이리라.

박지원은 누이의 묘비에 이런 말을 남겼다. "떠나는 이 정녕 뒷기약을 남기지만 오히려 보내는 사람 눈물로 옷깃 적시게 하네." 이 시의 정서와 유사한 서글픔이 느껴진다.

봄바람아, 잘 가거라
— 조운흘

좌천되는 아픈 마음 눈물을 뿌리는데
임을 보내며 봄조차 보내네
봄바람아 잘 가거라 미련일랑 두지 말고
인간 세상 오래 있으면 말다툼만 배우리니

해설 ·····

화자는 무슨 사연인지 외관직으로 떠나게 된다. 임과 헤어지는데, 아프
게도 봄조차 다 저물어간다. 그러나 화자는 임과 헤어지는 슬픔 속에서
도 자연을 매개로 하여 스스로를 위안한다. 번잡한 인간 세상에 머물러
봐야 말다툼과 갈등의 소용돌이에 휘말릴 뿐이다. 그래서 미련 없이 훌
훌 털어버리고 떠나라는 것이다.
이 시는 왕조가 교체되던 여말 선초, 참여와 은둔 사이에서 어떤 길을 가
야 할지 망설이던 화자의 심리를 보여준다. 봄바람에 미련을 두지 말라
고 하는 화자의 말은 실상 자기 자신에게 하고 싶은 말이었을 것이다.

풍악산

—성석린

일만 이천 봉은
높고 낮음이 진실로 다르다네
그대 보게나, 해 돋을 때
높은 곳이 가장 먼저 붉다네

<hr />

해설

동해에 인접한 명승지 금강산. 산의 빼어남만큼, 이름도 계절에 따라 다르다. 봄에는 금강, 여름에는 녹음이 깔리므로 봉래, 가을에는 단풍으로 곱게 물들어 풍악, 겨울에는 바위만이 앙상한 뼈처럼 드러나 개골이라고 한다.

이 시는 금강산으로 가는 스님에게 전하는 말이다. 수많은 봉우리들이 저마디 빼어남을 자랑할 테니, 어느 봉우리가 최고봉인 비로봉일까 헷갈리기 쉽다. 그렇다면 어떻게 비로봉을 찾을 수 있을까? 답은 간단하다. 아침에 해가 돋기 시작할 때 가장 먼저 붉어지는 봉우리를 찾으면 되는 것이다. 짧은 시 속에 자연의 이치를 담아낸다.

생각할 거리

1. 〈작별〉에서, 화자가 자신(의 마음)이 강에 내린 비보다 못하다고 하는 까닭을 말해보자.

2. 〈여관의 등잔불〉에서, 화자가 벗을 그리워하는 마음이 형상화된 표현을 찾아보자.

3. 〈이별〉에서, '서로 다시 만날 날을 말하지 못하네.'라고 한 까닭을 말해보자.

5. 〈봄바람아, 잘 가거라〉에서, 현실에 대한 화자의 부정적인 인식이 드러나 있는 부분을 찾아보자.

5. 〈풍악산〉의 마지막 행을 볼 때, 화자가 스님에게 하고 싶어 하는 말이 무엇일지 추측해 보자.

이 장에는
'가족의 사랑'을 이야기하는 작품을 담았습니다.
부모님에 대한 사랑,
부부간의 사랑,
자식에 대한 사랑,
형제자매 간의 사랑과 우애 등
가족 간의 사랑을 담은 작품을 읽으면서
오늘날 우리 가족의 고마움과 그리움을
느낄 수 있기를 바랍니다.

돌아가신 형님을 그리워하며
—박지원

형님 얼굴과 머리털 누구를 닮았나
선친 그리우면 우리 형님 쳐다봤지
형님 그리우면 누굴 보아야 하나
시냇물에 비친 나를 보아야겠지

해설

이덕무가 이 시를 읽고 눈물을 흘리며 말했다. "정이 지극한 말이 사람으로 하여금 하염없이 눈물을 흘리게 하니, 정말 진실되고 절절하다 할 만하다. 내가 선생(박지원)의 시를 읽고서 눈물을 흘린 적이 두 번 있다. 처음으로는 선생께서 친누이의 상여를 실은 배를 떠나보내며 읊은 시 '떠나는 이 정녕 뒷기약을 남기지만 / 오히려 보내는 사람 눈물로 옷깃 적시게 하네 / 조각배 이제 가면 언제나 돌아올까 / 보내는 이 하릴없이 언덕 위로 돌아가네'를 접했을 때다. 나는 어찌할 도리 없이 이 시를 읽으며 눈물을 줄줄 흘려야만 했다." (박종채, 《과정록》에서)

돌아가신 아버지의 모습을 형님에게서 보아왔는데, 이제 그 형님마저 죽었다. 이제 형님과 아버지가 그리우면 어떻게 해야 하나? 의관을 갖추고 시냇물에 나를 비춰 보면 행여나 볼 수 있을 것이다.

기러기
―양사언

넓은 들에 연기 한 줄기 일고
아득한 들판에 저녁 해 비친다
남으로 가는 기러기에게 묻노니
집에서 내게 부친 편지 없느냐

해설 ⋯⋯⋯⋯⋯⋯⋯⋯⋯⋯⋯⋯⋯⋯⋯⋯⋯⋯⋯⋯⋯⋯⋯⋯⋯⋯⋯⋯⋯⋯⋯⋯⋯

넓고 아득한 들판은 고향과 가족을 떠나 있는 화자의 쓸쓸함과 그리움의
크기를 짐작하게 한다. 저녁 햇살과 한 줄기 이는 연기는 그런 화자를 더
욱 외롭게 만든다.

남으로 기러기가 날아가는 것을 보면 가을이다. '신조(信鳥)'라고도 불리
는 기러기는 예부터 사람이 오고 가기 어려운 곳에 소식을 전해주는 동
물로 인식되었다. 기러기가 전해주는 소식을 '안서(雁書)'라고도 하는데,
이는 편지의 다른 말이다. 저물녘, 기러기를 보면서 고향과 가족, 친구를
떠올리는 화자의 모습이 선하게 그려진다.

편지
—이안눌

집에 보낼 편지에 괴롭다 말하려니
늙으신 어버이 걱정할까 두렵네
그늘진 산 쌓인 눈이 천 길인데
도리어 올겨울은 봄처럼 따뜻하다 하네

먼 변방 산은 높고 길은 험하니
서울에 닿을 때면 한 해도 저물리라
봄날 부친 편지에 가을 날짜 적은 것은
근래 부친 편지로 여기시라 함일세

이 시는 시인이 1599년 10월부터 1600년 5월까지 함경북도 경성에서 병
마평사(조선 시대에 병영의 사무와 그에 속한 군사를 감독하던 관리)로 있으면서
쓴 것이다.

이 당시 경성은 우리나라 북쪽 맨 끝자락을 가리킨다. 북방이라 그늘진
산에 쌓인 눈이 천 길이나 될 만큼 춥다. 하지만 화자는 늙으신 부모님이
걱정할까 염려되어 올겨울은 봄처럼 따뜻하다고 쓴다. 봄에 부친 편지는
길이 멀어 가을쯤이면 받아 보실 것이다. 그 날짜를 보는 부모님의 마음
이 어떠할까? 멀리 북방에서 고생하고 있는 아들 걱정에 잠을 이루지 못
하실 것이다. 그래서 화자는 봄날 편지를 부치면서 아예 가을 날짜를 적
은 것이다. 부모님을 걱정하는 자식의 따스한 마음이 녹아 있다.

한식날
—남효온

날이 흐려 울 밖 저녁 한기 일더니
한식날 동풍에 들판 물이 밝아지네
배에 가득한 장사꾼들 말이
버들꽃 시절이라 고향 생각뿐이라네

한식은 동지에서 105일째 되는 날로, 양력으로는 4월 5~6일쯤이다. 일정
기간 불의 사용을 금하며 찬 음식을 먹는 고대 중국의 풍습에서 시작되
었다고 한다. 한식은 예로부터 설날, 단오, 추석과 함께 4대 명절로 일컬
어졌다. 추운 시절이 지나고 한식날이 되자 들판 물이 맑다. 한식날은 하
늘이 차츰 맑아진다는 청명절과 겹치기 때문이다.
화자는 한강에서 배를 탄다. 왁자지껄하는 장사꾼들의 말소리는 모두 고
향 이야기뿐이다. 늙으신 어머님을 고향에 두고 서울에서 벼슬살이하며
한식날을 맞는 화자의 처지는 고향을 떠나 여기저기로 떠도는 장사꾼들
의 처지와 다를 바 없다.

친정 생각
—신사임당

천 리 먼 곳 첩첩 봉우리 고향 산을
가고 싶은 마음 늘 꿈속에 있네
한송정 물가에 외로운 달이 뜨고
경포대 앞에는 바람이 불어오겠지
모래톱에 갈매기는 모였다 흩어지고
고깃배는 바다를 오고 가겠지
언제나 다시 가나 내 고향길
색동옷 다시 입고 어머님하고 바느질할까

해설 ···

홀로된 친정어머니와 고향을 그리워하는 시집간 딸의 마음이 잘 나타나
있다. 화자가 있는 서울과 어머님이 계신 강릉은 천 리나 먼 곳이어서 늘
꿈속에서나 안타깝게 그려본다. 그래서 꿈속에서 그려보는 한송정에 뜬
달은 외롭고, 경포대 앞에 불어오는 바람은 스산하다. 고향 바다에는 갈
매기가 날고 배가 오갈 것이다. 친정어머니 앞에서 어린아이의 색동옷을
입고 바느질한다는 것은, 노래자(춘추시대 초나라의 학자)가 일흔 살에 색동
옷을 입고 어린애 장난을 하면서 늙은 부모를 즐겁게 해주었다는 이야기
를 떠올리게 한다.

기러기는 북에서 오는데
―백광훈

저희 집은 용강 어귀에 있는데
날마다 문 앞에 강물이 흘러요
강물이 동으로 흘러 끊이지 않듯
임 그리는 제 마음도 쉼이 없답니다
구월 강가엔 서리와 이슬이 차고
강기슭 갈대꽃 희고 단풍잎 붉어요
줄지어 기러기는 북에서 오는데
서울 계신 임에게선 편지가 없네요
누각에 올라 달 보며 아파하실 임
그래서 강가 산에 올랐답니다
떠나실 때 배 속에 있던 아이
이젠 말도 하고 대말(죽마) 타고 다녀요
다른 아이 따라 배워 아버지라 부르지만
만 리 밖 당신 그 소리 어찌 듣겠어요
가난과 출세는 하늘에 달렸는데
슬프게도 힘들게 헛된 세월 보냅니다
비단으로 겨울옷 만들고
강가 몇 뙈기 밭 수확할 수 있어요

집에서 함께할 땐 가난해도 기뻤는데

금은으로 몸을 둘러도 기쁘지 않네요

아침에 까치가 뜰 앞 나무에서 울어

문 나서 강 서쪽 길 자꾸 보았답니다

곁엣사람에게 마음속 말 못 하고

안개 낀 강물 보니 슬퍼 날이 또 저뭅니다

붉은 굴레 금 고삐 어느 곳 낭군인지

말이 울고는 서쪽 집에 드네요

해설

백광훈은 친구인 고죽 최경창(1539~1583), 허균의 스승인 이달과 함께 조선 중기 '삼당시인'으로 불린다. 백광훈은 1577년 마흔한 살 때 집안 형편이 어려워 처음으로 선릉 참봉(조선 시대 문관의 최말단 관직)으로 관직에 나서면서 서울에 머물게 되었다.

이 시는 고향에 남아 시인을 기다리는 아내의 마음을 담아낸다. 여기서 용강은 시인의 고향 장흥군 마을 앞으로 흐르는 내이다. 아내의 시점에서 쓰인 시이지만, 그 안에는 고향에서 가족을 보살피고 있는 아내에 대한 남편의 미안함과 그리움이 오롯이 담겨 있다.

아, 내 아이들아
—허난설헌

지난해에는 사랑하는 딸을 잃었고
올해는 사랑하는 아들을 잃었다
슬프구나 광릉의 땅이여
두 무덤 나란히 서 있구나
사시나무엔 쓸쓸한 바람 불고
무덤엔 도깨비불 반짝인다
지전*으로 너희 넋을 부르고
너희 무덤에 무술*을 따른다
너희들 남매의 혼은
밤마다 정답게 놀고 있으리라
비록 배 속에 아기가 있다지만
어찌 제대로 자라나길 바라랴
속절없이 슬픈 노래 부르며
슬픈 피울음을 속으로 삼킨다

• 지전: 돈 모양으로 오린 종이. 죽은 사람이 저승 가는 길에 노자로 쓰라는 뜻으로 관 속에
  넣는다.
• 무술: 제사 때 술 대신 쓰는 맑은 찬물을 가리키는 말.

허난설헌은 명문가에서 태어나 이달에게 시를 배웠다. 김성립과 결혼했
지만 사이가 원만하지 못했고, 또한 시댁의 학대와 질시 속에 살았다. 이
시에 나오는 것처럼 허난설헌은 사랑하던 남매를 잃고, 염려한 대로 배
속의 아이까지 잃는 아픔을 겪었다. 이러한 정황이 이 시에 고스란히 배
어 있다.

자식이 부모보다 먼저 죽는 것을 '참척'이라고 한다. 두 글자 모두 '아프
다, 근심하다, 슬프다'라는 뜻이나. 자식은 부모를 여의면 선산에 묻지만,
부모는 자식이 먼저 죽으면 가슴에 묻는다고 했다. 그만큼 아픈 것이 자
식의 죽음이다.

죽은 딸에게
—임제

네 아비 지난해 홍양 현감으로 가느라
서울의 가을바람에 바삐 떠나왔단다
네 목소리 네 모습 지금도 또렷한데
인간 세상 이별이 이처럼 아득하구나
달 밝은 빈산에 구슬픈 잔나비 울음
찬 서리 골짜기엔 시든 영릉향 잎
시집가던 그날 애틋하게 잊지 못하더니
저승 가면 어디에서 어미를 부를까

해설 ···

죽은 딸을 슬퍼하여 아버지가 지은 글이다. 화자는 벼슬 생활을 하느라
이곳저곳에서 보냈을 것이다. 또 딸이 시집간 뒤로는 딸을 살갑게 보살
펴 주지도 못했을 것이다.

그러던 어느 날 딸이 죽었다. 딸의 모습은 지금도 또렷한데, 죽어 다시는
보지 못하게 되었다. 빈산에서 들려오는 잔나비 울음소리는 구슬프고,
골짜기 영릉향 잎은 서리 맞아 시들었다. 딸의 죽음 앞에 세상의 모든 것
들이 구슬퍼 보인다. 시집가던 날 애타게 그리워하던 어머니를 딸은 이
젠 만날 수도 없게 되었다.

생각할 거리

1. 〈돌아가신 형님을 그리워하며〉에서, 화자가 시냇물에 자신을 비춰 보는 까닭을 말해보자.

2. 〈편지〉의 화자가 봄날 편지를 쓰면서 가을 날짜를 적은 이유를 말해보자.

3. 〈기러기〉, 〈한식날〉을 다음처럼 정리해 보자.

	기러기	한식날
공간		
계절		
정서		
정서를 불러일으키는 소재		

4. 〈친정 생각〉에서, 대구를 이루는 부분을 찾아 설명해 보자.

5. 〈기러기는 북에서 오는데〉를 읽고, 다음 물음에 답해보자.
   (1) 화자는 자신의 마음을 무엇에 비유하고 있는가?
   (2) 계절을 알려주는 시어는?
   (3) 남편과 이별의 아픔이 가장 잘 드러난 부분은?
   (4) 화자가 혹시 남편에게 소식이라도 올까 기대하는 까닭은?
   (5) 화자인 아내의 소망이 무엇일지 찾아서 말해보자.

6. 김현승의 시 〈눈물〉을 찾아 읽고, 〈아, 내 아이들아〉와의 공통점과 차이점을 말해보자.

5장
한산도의 밤

이 장에는
'충절과 기개'를 닮고 있는 작품을 모았습니다.
나라가 위기에 처했을 때마다
자신을 던져 의(義)를 실천한 모습은
오늘날 우리가 어떻게 살아야 하는지
하나의 본보기를 제시해 주고 있습니다.

한산도의 밤
—이순신

수국에 가을빛 저물고
기러기는 진영 높이 난다
시름으로 뒤척이는 밤
새벽달이 활과 칼을 비춘다

해설 ···

이순신은 조선 선조 때의 무신으로, 1592년 임진왜란이 일어나자 전라좌
도 수군절도사로 임명되어 옥포 해전(1592), 한산도 해전(1592) 등을 승리
로 이끌었다. 1593년 8월부터는 삼도수군통제사가 되어 한산도에 본영
을 설치하고 3년 8개월 동안 그곳에서 생활했다.
이 시는 한산도에서 통제사로 있을 때 지은 것이다. 바다에 가을빛이 저
물고 기러기가 나는데, 화자는 전란에 대한 걱정으로 새벽이 되도록 잠
을 이루지 못한다. 나라를 걱정하는 마음이 어떠했는지 잘 보여준다.

망부석
— 김종직

치술령 고갯마루 일본을 바라보니
하늘과 잇닿은 바다 끝이 없어라
남편 떠날 때에 손만 흔들더니
살았는지 죽었는지 소식이 없구나
소식이 끊어지고 길이 이별하니
죽은들 산들 서로 만날 때가 있으랴
하늘에 부르짖다 망부석이 되었으니
매운 기운이 천년 하늘을 찌르는구나

해설

신라 눌지왕 때의 충신 박제상은 고구려에 잡혀간 눌지왕의 동생 복호를
구해 온 적이 있다. 그러고는 얼마 뒤 눌지왕의 또 다른 동생 미사흔을 구
하기 위해 왜국으로 떠났다. 이에 그의 아내가 바닷가에 이르러 박제상
을 향해 소리쳤으나 박제상은 손만 흔들고 가버렸다.
박제상이 미시흔을 구하고 일본에서 죽자 그의 아내는 남편을 그리워하
여 치술령에 올라가 왜국을 바라보고 통곡하다가 죽었다. 돌아올 수 없
는 길을 선택한 남편에 대한 원망과 그리움이 천년 하늘을 업신여기듯
맵다.

대장부
—남이

백두산 돌은 칼을 갈아 없애고
두만강 물은 말을 먹여 없애리라
사나이 스물에 오랑캐를 평정하지 못한다면
후세에 누가 나를 대장부라 할 것인가

해설 ··

남이는 1467년 이시애의 난을 진압하여 이름을 떨치고 스물일곱 살에 병
조판서가 되었다. 이 시에는 무인의 호방한 기상이 잘 드러나 있다. 남이
는 유자광의 모함으로 죽었는데, 이 시 원문의 셋째 행에 나오는 '北(북)'
을 '國(국)'으로 바꾸어 고발했다고 한다. '사나이 스물에 '나라'를 평정한
다.'라고 했다고 해서 반역죄로 죽인 것이다.

그렇게 바꾸지 않더라도, 이 시는 무인의 호방한 기상과 정치적 야망, 더
나아가 역모의 경계를 아슬아슬하게 넘나든다. 일찍이 이수광은 《지봉
유설》에서 이 시를 두고 "그 말뜻이 함부로 날뛰어 평온한 기상이 없으니
화를 면하기가 어려웠다."라고 평했다.

낙화암
—홍춘경

나라 망하니 산과 물이 옛날과 다른데
강엔 달만 남아 몇 번이나 차고 기울었나
낙화암 위에 아직도 꽃이 있으니
그때 비바람도 다 떨어뜨리지 못하였네

낙화암은 백제의 마지막 서울이었던 부여 부소산에 있는 큰 바위이다.
백제가 망할 때 삼천 궁녀가 이 바위에서 백마강에 몸을 던져 죽어 이름
을 낙화암이라고 한다.

화자는 부여를 찾아 백제의 멸망을 떠올린다. 나라가 망하고 보니 산과
물은 달라졌다. 그러나 여전히 강 위엔 달이 그때처럼 떠오른다. 꽃이 떨
어진 바위 낙화암 위에 아직도 꽃이 남았다는 표현은 발상이 신선하다.
화자가 지금 바라보는 꽃은 바로 백제 멸망과 함께 사라진 삼천 궁녀인
것이다. 과거와 현재의 모든 것이 '아직도'라는 말에 고스란히 담겨 있다.

무궁화 우리나라가
—황현

난리 가운데 허옇게 센 머리 되어
몇 번이나 생목숨 버리려다 그러지 못했네
오늘 참으로 어찌할 수 없는데
바람 앞의 촛불 푸른 하늘에 비치네

요사한 기운이 막아 나라가 옮겨지니
대궐은 어둡고 물시계가 느리구나
이제부터 다시 조칙 받을 수 없으니
맑은 종이에 천 가닥의 눈물을 흘리네

새와 짐승 슬피 울고 바다와 산 찡그리네
무궁화 우리나라가 이미 망했구나
가을 등불 아래 책 덮고 지난날을 생각하니
어렵구나 글 아는 사람 노릇 하기가

일찍이 나라 떠받칠 작은 공도 없었으니
단지 인(仁)을 이룰 뿐 충(忠)은 아니었네
겨우 윤곡°을 따르는 데 그칠 뿐이요

때가 되매 진동*을 잊지 못해 부끄럽구나

* 윤곡: 송나라 사람. 몽골이 침입해 왔을 때 가족이 모두 자결했다.
* 진동: 송나라 충신. 고종에게 현자를 등용할 것을 상소했다.

해설 ··

이 시의 원래 제목은 '절명시'이다. 절명은 목숨을 끊는다는 뜻이다. 스스로 목숨을 끊는다는 것은 자신이 세계와 더 이상 대결할 수 없을 때, 인간이 주체적인 존재로서 마지막으로 선택하는 것이다. '절명시'는 그 죽음을 앞두고 쓴 시를 가리킨다. 대개 절명시에는 자신이 살아온 모든 것이 담겨 있다.

벼슬도 하지 않았던 선비 황현. 그는 나라가 망하자 지식인으로서 부끄러움을 느끼고 자결한다. 스스로 선택한 죽음이었음에도 그는 며칠을 망설였다고 한다. 결국 아편의 힘을 빌리고 나서야 극약을 마시고 죽을 수 있었던 황현. 그의 죽음은 주체적인 존재로 선다는 것이 얼마나 힘든 것인지를 우리에게 보여준다.

절명시
—전봉준

때가 오니 하늘과 땅도 모두 힘을 함께했지만
운이 가니 영웅도 일을 이룰 수가 없구나
백성을 사랑하고 의를 바루는 데 나는 잘못이 없지만
나라를 위한 붉은 마음을 그 누가 알아주겠는가

해설 ....

1894년 조선의 모순이 정점에 이르고 그것들이 각계각층에서 곪다가 폭
발한 것이 갑오농민혁명이다. 그리고 이 혁명의 중심에 서 있던 사람이
전봉준이다. 고부민란으로 전개되었던 혁명은 우금치에서 우수한 근대
식 무기로 무장한 일본군에게 완패했다. 급히 몸을 숨기고 재기를 기다
리던 전봉준마저 관군에게 잡혀 최후를 맞게 되자 혁명은 실패로 끝나고
만다.
그러나 이들의 정신은 3·1운동으로 계승되었으며 여기에 참가한 농민
군은 항일 의병항쟁의 중심이 되었다. 반봉건, 반외세를 외치며 시작된
갑오농민혁명. 이 시는 전봉준이 죽기 직전에 남긴 것이다. 사형 선고를
받은 전봉준은 "나는 바른길을 걷고 죽는 사람이다. 그런데 반역죄를 적
용한다면 천고에 유감이다."라고 개탄했다고 한다.

생각할 거리

1. 〈한산도의 밤〉과 다음 시조에 나오는 '시름'의 이유를 말해보자.

　　한산섬 달 밝은 밤에 수루에 혼자 앉아
　　큰 칼 옆에 차고 깊은 시름 하는 적에
　　어디서 일성호가(한 곡조의 피리 소리)는 남의 애를 끊나니
　　—이순신

2. 다음은 대중가요 〈망부석〉 노랫말이다. 이 노랫말과 한시 〈망부석〉을 읽고, '망부석'이라는 제목이 의미하는 것을 말해보자.

　　깊은 밤 잠 못 이뤄 창문 열고 밖을 보니
　　초승달만 외로이 떴네
　　멀리 떠난 내 님 소식 그 언제나 오시려나
　　가슴 조여 기다려지네
　　에헤야 날아라 에헤야 꿈이여
　　그리운 내 님 계신 곳에
　　달 아래 구름도 둥실둥실 떠가네 높고 높은 저 산 너머로
　　내 꿈마저 떠가라 두리둥실 떠가라
　　오매불망 내 님에게로
　　—김태곤 노래, 〈망부석〉

3. 〈낙화암〉에서 다음 시어의 의미를 말하고, 대비되는 시어를 찾아보자.

시어	시어의 의미	대비되는 시어
달		
꽃		

4. 다음 글을 참고로 〈무궁화 우리나라〉의 세 번째 수에 나타난 '글 아는 사람(지식인) 노릇'을 설명해 보자.

모든 실천은 몇 가지 계기를 포함합니다. 다시 말해 행위란 아직 없는 것(도달해야 할 목표)을 위하여 지금 있는 것(변화시켜야 할 상황으로 주어진 현실의 장)을 부분적으로 부정하는 일인 것입니다. 그러나 이 부정은 숨겨진 것을 드러내는 행위이기도 하지만 그 자체가 또한 긍정을 동반하는 행위이기도 합니다. 왜냐하면 이 부정 속에서 우리는 지금 있는 것을 가지고서 아직 없는 것을 실현하기 때문입니다. 이때 아직 없는 것의 관점으로부터 출발해서 지금 있는 것을 드러내는 파악 작업은 가능한 한 정확해야 합니다. 왜냐하면 이 파악 작업은 아직 존재하지 않는 것을 실현하기 위한 수단을 이미 주어진 것 속에서 찾아야만 하기 때문입니다. 이와 같이 실천은 현실을 드러내고, 현실을 극복하며, 현실을 보존하는, 그리고 현실을 미리 앞서서 변경하는 실천적인 지식의 계기를 포함하고 있는 것입니다. (중략)
따라서 지식인이란 자기 자신 속에서, 그리고 사회 속에서 실천적인 진리에 대한 탐구와 지배 이데올로기 사이에 벌어지는 대립을 깨달은 사람입니다.
— 장 폴 사르트르, 김정태 옮김, 《지식인을 위한 변명》에서

5. 다음은 갑오농민혁명을 배경으로 만들어진 민요이다. 〈절명시〉를 참고하여 밑금 그은 낱말의 상징적 의미를 말해보자.

> 새야 새야 <u>파랑새</u>야 <u>녹두밭</u>에 앉지 마라
> <u>녹두꽃</u>이 떨어지면 <u>청포 장수</u> 울고 간다
> ― 민요, 〈새야 새야 파랑새야〉

6. 다음 작품들의 배경이 되는 역사적 사건을 말해보자.

작품	역사적 사건
한산도의 밤	
대장부	
무궁화 우리나라가	
절명시	

이 장에는
'신념과 의지'를 드러내는 작품을 담았습니다.
그 뜻이 바르고 곧은데
현실에서 그것이 받아들여지지 않는다면
사람들은 그 뜻을 꺾기 쉽습니다.
그러나 또한 많은 사람들은
재물과 이익의 길을 포기하면서
신념과 의지를 굳게 지킨 모습을 보여줍니다.

눈길 걸어갈 때
—이양연

눈 덮인 들판을 걸어갈 때
어지러이 가지 마라
오늘 나의 발자취는
뒷사람의 길잡이가 될지니

해설 ⸺⸺⸺⸺⸺⸺⸺⸺⸺⸺⸺⸺⸺⸺⸺⸺⸺⸺⸺⸺⸺⸺⸺

화자는 눈 덮인 들판을 걸어갈 때 어지럽게 가지 말라고 당부한다. 자신 하나만을 위한 길이라면 어떻게 가든 별 상관이 없을 터이다. 그러나 내가 내어놓은 발자취가 뒷사람들에게 길잡이가 된다면 내딛는 발걸음이 조심스러울 수밖에 없다.

어른은 어린이에게, 어버이는 자식에게 모범이 될 때, 그 사회는 긍정적인 방향으로 나아가게 될 것이라는 교훈이 담겨 있다. 백범 김구 선생은 1948년 남북 협상 길에 나서며 삼팔선을 넘을 때 이 시를 읊으며 자신의 의지와 각오를 다졌다고 한다.

수나라 장군 우중문에게
―을지문덕

그대의 신기한 계책은 하늘의 이치를 다하고
그대의 오묘한 전술은 땅의 이치를 다했다
전쟁에 이겨서 그 공 이미 높으니
만족함을 알고 그만두기를 바라노라

해설 ·····

612년, 수나라 양제가 대장군 우문술과 우중문을 보내 고구려를 쳤다. 을지문덕이 적을 지치게 하기 위해 후퇴를 거듭하니, 우중문은 하루에 일곱 번 싸워 일곱 번을 이겼다. 드디어 수나라 군사가 살수(청천강)를 건너 평양성 30리쯤 되는 곳에 이르자 을지문덕이 이 시를 지어 우중문에게 보냈다. 우중문은 시를 읽고 평양성이 견고함을 깨달아 후퇴했으나 결국 을지문덕에게 크게 패했다. 처음 요하를 건널 때만 해도 30만 5천이 되었던 수나라 군사 중 살아 돌아간 자는 2700여 명뿐이었다.

이 시는 《삼국사기》〈열전 – 을지문덕〉에 실려 있다. 김부식은 "작은 나라로서 능히 적을 막아내어 스스로를 보전했을 뿐 아니라, 그 군사를 거의 다 섬멸한 것은 을지문덕 한 사람의 힘이었다."라고 평했다.

시비하는 소리 들릴세라
—최치원

첩첩 바위 사이를 달려 겹겹 봉우리를 울리니
지척에서 하는 말소리도 분간하기 어려워라
늘 시비하는 소리 귀에 들릴까 두려워
짐짓 흐르는 물로 온 산을 둘러버렸다네

해설 ···

최치원은 서른아홉 살 때 진성여왕에게 정책 개혁안 '시무십여조'를 올리고 다음 해 가야산에 은거했다. 이 시에는 세상과 화합하지 못하고 세상일에 초연하고자 하는 최치원의 마음이 잘 드러나 있다.
《삼국사기》에서 "최치원은 서쪽에서 당나라를 섬기다가 동쪽의 고국에 돌아온 후부터 혼란한 세상을 만나 발이 묶이고 걸핏하면 허물을 뒤집어쓰니, 때를 만나지 못한 것을 스스로 가슴 아파하여 다시 관직에 나갈 뜻이 없었다. 방랑하면서 스스로 위로하였다."라고 했는데, 이 시는 그런 그의 마음이 어떠했는지 잘 보여준다.

그림자
— 이달충

내가 그림자가 미워
내가 달아나면 그림자도 달린다
내가 없으면 곧 그림자도 없고
내가 있으면 그림자도 따른다
내가 있어도 그림자가 없게 하는
방법을 나는 모른다
사람들은 말한다 그림자가 미우면
그늘에 있으면 뗄 수 있을 것이라고
그늘 또한 사물의 그림자이니
사람의 그 말이 또한 어리석다
사물과 내가 있으면
그늘과 그림자는 또 여기에 있다
사물과 내가 없다면
그늘이나 그림자가 어떻게 생길까
내가 그림자에게 물어도
그림자는 말이 없다
안회*가 어리석어 보였던 것처럼
말없이 알고 깊이 생각한다

무릇 내 움직임을

그림자는 모두 흉내 낸다

나는 말이 많은데

그림자는 이것만은 따라 하지 않는다

그림자는 이렇게 생각하지 않을까

말은 몸을 위태롭게 하는 것이라고

그림자가 나를 본받는 것이 아니라

도리어 내가 그림자를 스승으로 삼는다

● 안회: 안회는 공자의 제자로 학문이 뛰어났다. 공자는 "내가 안회와 종일토록 말을 해도 안
회는 말을 어기지 않아 어리석은 듯 보인다. 안회가 가고 나서 그의 생활을 살펴보면 가르
침을 잘 실천하고 있더구나. 안회는 어리석지 않다."라고 했다.

해설 ....

표면적으로 이 시에서 '나'는 사물의 본질을, 그리고 '그림자'는 현상을
뜻하는 것처럼 보인다. 그것은 '나'가 존재함으로써 '그림자'가 존재할 수
있기 때문일 것이다. 그러나 다시 생각해 보면 이러한 설명은 부적절하
다. 왜냐하면 그림자의 말 없음과 현명함이 사물의 본질적 속성과 더 닮
았기 때문이다.

이 시를 지은 동기를 시인은 이렇게 말했다. "산중에 있으니 종일토록 찾
는 이 없어 지팡이 짚고 신을 끌며 홀로 골짜기와 시내를 거니니 쓸쓸해
함께 얘기할 사람 없고, 오직 그림자만이 잠시도 나를 떠나지 않아 이것
이 가상하여 시를 지어 준다."

천왕봉
—조식

천 석들이 큰 종을 보게나
크게 치지 않으면 소리가 없다네
비길 데 없는 천왕봉은
하늘이 울어도 울지 않는다네

해설 ···

1561년 남명 조식은 덕산(경남 산청군)으로 학문의 장소를 옮기고 그곳에 산천재라는 학당을 짓는다. 이 시는 조식이 산천재에서 지은 시로, 벼슬에서 물러나 산속에 파묻혀 지내며 내면을 곧게 하고 의를 추구하겠다는 의지가 잘 드러나 있다.

워낙 큰 종이라 크게 치지 않으면 소리가 나지 않는다는 말은 "큰 소리는 소리가 없다."라는 노자의 말을 떠올리게 한다. 산천재에서 바라보는 천왕봉 역시 마찬가지이다. 하늘이 울어도 울지 않는 천왕봉. 조식은 늘 끄떡하지 않고 서 있는 지리산의 모습을 보면서 자신의 지조를 지키려고 했던 것이다.

이익은《성호사설》〈남명 선생 시〉에서 이 시를 인용하면서 "기백이 놀라워 사람으로 하여금 마음에 굳센 물결이 일게 한다."라고 격찬했다.

금대사
―김종직

뜻밖에 절에 이르니
지리산이 병풍처럼 펼쳐졌다
가을바람은 풍경 소리를 내고
남두육성*은 처마에서 잔다
불어리*에 비친 등불 사랑하고
그윽이 여울 물소리를 듣는다
속세의 허튼 생각 잠시 멈추고
애오라지 내 삶을 웃는다

* 남두육성: 궁수자리에 있는 여섯 개의 별.
* 불어리: 불티가 바람에 날리는 것을 막으려고 화로에 덮어씌우는 것. 위에는 바람이 통하
  도록 구멍이 뚫려 있다.

김종직은 1470년 함양 군수로 나가 1474년 사직을 청하고 물러났다. 이 시는 그가 함양에 있을 때 지리산의 한 줄기에 있는 금대사를 돌아보고 쓴 것이다.

금대사는 천왕봉을 중심으로 한 지리산을 가장 잘 바라볼 수 있는 곳으로, 해발 800미터 산비탈에 있어 오르는 길이 몹시 가파르다. 시인은 지리산에 펼쳐진 봉우리들을 그림 병풍에 비겼다. 밤이 들자 가을바람이 소슬히 불어 추녀 끝에 달린 풍경이 운다. 절이 워낙 높은 곳에 있는지라 남두육성조차도 저만 아래에 걸려 있다. 불어리에 비친 등불과 여울 물소리는 시인으로 하여금 자신을 돌아보게 한다. 돌아보면 마흔, 이제 불혹의 나이가 아닌가? 속세에 찌든 때를 오늘 밤에나마 잠시 벗어버려야지. 마지막 웃음에는 쓸쓸함이 짙게 배어 있다.

냇물에 몸을 씻고
—조식

사십 년 동안 온몸에 쌓인 허물
천 섬 맑은 냇물에 모두 씻는다
만약 티끌이 오장에 생겼다면
지금 곧 배를 갈라 물에 띄워 보내리라

해설 ·····

1564년 조식은 이황에게 이런 편지를 썼다.

"요즘 공부하는 자들을 보면, 손으로 물 뿌리고 비질하는 절도도 모르면서 입으로는 천리(天理)를 담론하여 헛된 이름이나 훔쳐서 남들을 속이려 하고 있습니다."

이황이 성리학의 이론을 중시한 반면, 조식은 이러한 이황의 태도를 비판하고 실천 문제에 관심을 두었다. 임진왜란이 일어났을 때 조식의 문하에서 수많은 의병장이 나온 것도 이런 영향 때문이었다.

이 시는 조식이 마흔아홉 살에 거창 감악산 아래를 유람하고 쓴 것으로, 처사로서 한 점의 부끄러움도 남기지 않겠다는 그의 실천적 태도를 잘 보여준다.

생각
—허응당 보우

그대 본성을 알고 싶으면
잠깐 생각을 멈추게
마음을 보고 참모습 없음을 알면
바야흐로 고향에 이른다네

해설 ....

보우 스님은 '내가 누구인지 알고 싶으면 생각을 멈추라'고 말한다. 여기서 말하는 생각이란 망념의 다른 이름이다. 망념은 '잡념, 부질없는 생각, 쓸데없는 생각'이다. 이것을 쥐고 나를 찾는 것은 허망하다. 그런데도 우리는 마음의 집착으로 사물을 바르게 보지 못하고 그릇되게 생각한다. 모든 사물은 영원하지도 않고, 고정되어 있지도 않으며, 변하지 않는 실체도 없다. 그러므로 고정불변하는 실체로서의 나 또한 있을 수 없다. 그것을 인식할 때 우리는 진리의 참모습에 좀 더 가까이 다가갈 수 있을 것이다.

말
—정관 일선

평생 동안 지껄인 것 부끄러운데
마침내 분명히 모든 걸 뛰어넘었다
말이 있고 말이 없음 모두 그르니
그대들은 부디 스스로 깨달으라

해설 ··

스님의 평생 깨달음이 이 시 한 편에 모두 담겼다. 불교에서는 삼업(三業)
을 경계한다. 삼업이란 몸으로 짓는 신업(身業), 입으로 짓는 구업(口業),
뜻으로 짓는 의업(意業)을 말한다. 구업은 다시 이간질하는 양설(兩舌),
험악한 말인 악구(惡口), 도리에 어긋나며 꾸며대는 기어(綺語), 진실하
지 못한 허망한 망어(妄語) 등으로 나뉜다. 이런 말을 경계하는 말은 많
다. '말 많은 집은 장맛도 쓰다', '말은 적을수록 좋다', '말이 많으면 쓸 말
이 적다' 등은 말을 경계하는 속담들이다. 그야말로 말이 넘치는 세상, 스
님은 입적하면서 이런 말을 뛰어넘었다고 한다.

생각할 거리

1. 〈눈길 걸어갈 때〉를 읽고, 어른(부모)이 아이(자식)에게 모범이 되어야 한다는 속담 또는 이야기를 찾아보자.

2. 〈수나라 장군 우중문에게〉에서, 을지문덕이 우중문을 대하는 태도를 말해 보자.

3. 〈시비하는 소리 들릴세라〉의 4구에 나타난 최치원의 심정을 짐작해 보자.

4. 〈그림자〉에서 그림자에 대한 화자의 태도를 말해보자.

5. 〈천왕봉〉을 읽고, 천왕봉에 대한 화자의 태도를 말해보자.

6. 〈금대사〉의 마지막 두 구에 나타난 화자의 태도를 말해보자.

7. (가)와 (나)를 읽고, 〈냇물에 몸을 씻고〉와 공통적으로 나타난 삶의 자세를 말해보자.

(가) 죽는 날까지 하늘을 우러러
    한 점 부끄럼이 없기를

잎새에 이는 바람에도
나는 괴로워했다
별을 노래하는 마음으로
모든 죽어가는 것을 사랑해야지
그리고 나한테 주어진 길을
걸어가야겠다.

오늘 밤에도 별이 바람에 스치운다.
— 윤동주, 〈서시〉

(나) 군자에게는 세 가지 즐거움이 있는데, 천하의 왕 노릇은 이에 포함되지 않는다. 부모님이 살아 계시고 형제가 탈이 없는 것이 첫 번째 즐거움이다. 하늘을 우러러 부끄러움이 없고 또한 다른 사람에게 비추어도 부끄럽지 않은 것이 두 번째 즐거움이다. 뛰어난 제자를 얻어 가르치는 것이 세 번째 즐거움이다. 천하의 왕 노릇은 이에 포함되지 않는다.
— 《맹자》〈진심〉에서

8. 〈생각〉을 읽고, 다음 물음에 답해보자.
   (1) '생각을 멈춘다'라는 구절의 의미를 말해보자.
   (2) 본성을 흐리게 하는 것을 말해보자.
   (3) '참모습 없음'의 의미를 말해보자.

9. 〈말〉에서, 3구의 의미를 설명해 보자.

7장
나무하는 계집종

이 장에는
'삶의 어려움'을 이야기하는 작품을 담았습니다.
역사 속에서 고통받는 사람은
늘 힘없는 백성이었습니다.
그러나 역사를 세우고 나라를 지켜낸 주체도
그늘 힘없는 백성이었습니다.
시를 읽으면서
어려운 시대를 살다 간
백성들의 모습을 떠올려 보도록 합시다.

병졸의 아내

—권필

교하*에 서리 내려 기러기 남쪽으로 날아가는데
구월인데 금성은 포위가 풀리지 않았다네
아내는 군인 간 남편이 이미 죽은 줄도 모르고
오히려 깊은 밤 남편 겨울옷 다듬질하네

• 교하: 오늘날 경기도 파주시 교하읍.

해설 ·······

서리 내린 가을, 이제 곧 추위가 닥칠 텐데 남편은 전쟁(임진왜란)에 나가
돌아오지 않았다. 아내는 전쟁에 나간 남편의 겨울옷을 다듬질한다. 남
편이 이미 죽었는데도 그것을 모르고 남편 겨울옷을 짓는다는 부분에서
백성이 겪는 전쟁의 참상이 그 어떤 말보다 아프게 다가온다.

이삭 줍는 노래
—이달

밭고랑에서 이삭 줍는 시골 아이의 말이
하루 종일 돌아다녀도 광주리가 안 찬다네
올해에는 벼 베는 사람들도 약삭빨라서
떨어진 이삭까지 거둬 관가 창고에 바쳤다네

해설 ··

이달의 제자였던 허균은 이달의 시를 가려 엮고 그의 사람됨을 기려 〈손
곡산인전〉을 지었다. 허균은 스승 이달을 평하기를, "시는 맑고 깨끗하며
아담히고 고왔나. 신라와 고려 이래로 당시(唐詩)를 지었다고 하는 사람
중 아무도 이달을 따를 사람이 없었다."라고 극찬했다. 이 시에 대해서도
허균은 《학산초담》에서, "이 시는 흉년을 당한 시골 사람의 말을 직접 듣
는 것처럼 나타냈다."라고 평했다.

동산역에서
— 이달

이웃집 젊은 아낙 저녁거리가 없어
빗속에 보리 베어 초가로 돌아온다
물기에 젖은 섶은 불길이 일지 않고
문 들어선 아이들은 옷을 잡고 운다

해설

허균은 《학산초담》에 이 시를 실으면서 "시골집에서 먹을 것 때문에 괴
로워하는 모습을 마치 눈으로 보는 것처럼 그려냈다."라고 썼다.

젊은 아낙은 저녁거리가 없어 채 익지 않은 보리를 베어 온다. 그나마 보
리죽이라도 쑤어 가족을 먹이려는 것이다. 그렇지만 비가 내려 축축해진
땔나무는 연기만 일으키고 불이 붙질 않는다. 부엌문을 들어선 아이들은
배가 고파 어머니 옷깃을 당기며 운다. 고단하고 힘든 한 가족의 삶이 압
축적으로 그려져 있다.

참새야
―이제현

참새야 어디서 날아와 날아가느냐
한 해 농사는 일찍이 알지 못하네
늙은 홀아비 홀로 밭 갈고 김맸는데
논밭의 벼와 기장을 다 없애느냐

나무 끝에 작은 닭을 새겨서
젓가락으로 집어 벽 위에 두었네
이 닭이 꼬끼오 울어 때를 알리면
비로소 어머님 얼굴 서쪽 해 같으리라

해설 ··

늙은 홀아비가 한 해 동안 땀 흘리며 지어놓은 벼와 기장을 참새 떼가 날아와 다 먹어버렸다. 이 정도면 밉살스럽고 얄미운 것을 넘어선다. 시인은 농부를 침탈하는 참새를 통해 세금을 가혹하게 거두어들이는 탐욕스러운 정치를 풍자하고 있다.

나무로 닭을 새긴다. 화자는 그 닭이 울면 어머님이 늙으시라고 한다. 어떻게 나무에 새긴 닭이 울 수 있단 말인가? 이는 화자가 어머님이 늙지 말고 오래오래 사시라는 축수를 드리는 것이다.

얼음 뜨는 사람
―김창협

늦겨울 한강에 얼음이 얼어
천 사람 만 사람 강 위에 나왔다
여기저기서 도끼로 쩡쩡 얼음을 깨니
우레 같은 소리 수궁까지 들리겠네
베어낸 얼음 설산같이 쌓이는데
추위가 살을 에듯 스며든다
낮엔 석빙고로 져 나르고
밤엔 강 복판에서 얼음을 뜬다
짧은 낮 긴 밤 밤늦도록 일하니
주고받는 노래 모래섬에 이어진다
정강이 드러난 바지엔 짚신도 없고
찬 강바람에 손가락이 부서질 듯하다
부잣집 유월의 찌는 듯한 더위에
미인의 고운 손 맑은 얼음 내온다
칼로 얼음 깨 자리에 두루 돌리니
맑은 날 공중에 하얀 싸락눈 흐른다
방에 가득 즐거워 더위를 모르는데
얼음 뜨는 이 고생 누가 말을 할까

그대는 보지 못했는가
길가에 더위 먹고 죽은 사람들
모두 강에서 얼음 뜨던 사람이라네

해설 ......

석빙고는 한겨울에 얼음을 저장해 놓았다가 여름철에 꺼내 쓰던 돌로 만든 얼음 창고이다. 우리 조상의 지혜가 담겨 있는 문화유산인데, 새삼 선조들의 지혜가 놀랍다는 것을 알게 된다.

이 시는 이러한 우리의 시각이 과연 석빙고라는 문화유산을 바로 보는 것인지 반성하게 한다. 살을 에는 추위를 무릅쓰고 얼음을 뜨던 사람들은, 정작 더운 여름에 얼음 한 조각 먹어보지 못하고 더위를 먹고 죽는다. 얼마나 모순된 현실인가? 공자는 정치란 올바른 것이라고 했다. 고생하는 사람이 혜택을 누리는 것이 올바른 이치가 아니고 무엇일까?

겨울옷 부치니
—정몽주

떠난 지 여러 해 소식 없으니
수자리* 죽살이 그 누가 알까요
오늘 아침 비로소 겨울옷 부치니
눈물 흘리며 떠날 때 밴 아이랍니다

회문시* 수놓으니 비단 글자 새롭고
멀리 보내려니 까닭 없이 한스러워요
변방에서 온 사람 있을까 하여
매일같이 나루터에서 묻는답니다

* 수자리: 국경을 지키던 일. 또는 그런 병사.
* 회문시: 머리에서부터 내리읽으나 아래에서부터 올려 읽으나 뜻이 통하는 시.

해설 ....

고려 말, 외침이 잦은 혼란스러운 상황에서 수자리 살러 간 남편을 둔 여
인의 아픔이 짙게 배어 있다. 떠난 지 여러 해 동안 남편은 죽었는지 살았
는지 소식도 없다. 매일같이 나루터에 나가 변방에서 온 사람이 있는지
묻는다. 행여나 국경의 소식이라도 얻어들을까 해서이다.

남편이 떠날 때 배 속에 있던 아이가 어느새 자랐다. 오늘 아침, 그 아이
편에 남편 겨울옷을 지어 보낸다. 그리움을 담은 편지와 함께. 화자는 한
많은 여인의 모습을 담담하게 그려내고 있지만, 그 속에는 현실에 대한
비판적인 인식이 자리하고 있음을 엿볼 수 있다.

쌓인 폐단 없앴다지만
—유승단

가는 말 잠시도 멈추지 않으니
왕명으로 길이 중요하기 때문이라네
깊은 밤 등불 아래 일어나니
온종일 세상일에 가위눌렸네
가는 곳마다 민가는 모두 무너졌고
절들은 너무 많이 서 있네
요즘 쌓인 폐단 다 없앴다는데
절을 세우는 일은 여전하다네

해설 ···

화자는 왕명으로 길을 가다 객관에 잠시 여정을 멈춘다. 잠이 들었지만,
지나치면서 본 백성들의 모습으로 가위눌려 잠이 깨고 말았다. 백성들의
살림살이는 점점 어려워져만 가는데, 여기저기 절집은 백성들의 고단한
삶과는 반대로 화려하게 들어서고 있다. 부처님의 뜻은 중생을 구제하는
데 있는데, 예나 지금이나 종교가 그러한 역할을 하고 있는지는 의문이
다. 시인은 시를 쓴 동기를 이렇게 적어두었다.
"지나는 고을마다 집은 무너지고 울타리는 허물어졌는데, 이따금 보이는
우뚝한 큰 집들은 모두 절이다. 이에 슬픔을 이길 수 없어 시를 써서 적어
둔다."

106

유민의 한탄
—어무적

백성들 힘들구나 백성들 힘들구나
흉년이 들어 너희들 먹을 것 없구나
나는 너희들 구제할 마음 있어도
너희들 구제할 힘이 없구나
백성들 괴롭구나 백성들 괴롭구나
날은 추운데 너희들 입을 것 없구나
저들은 너희들 구제할 힘이 있어도
너희들 구제할 마음이 없구나
바라는 건 소인의 배를 뒤집어
잠시 군자의 마음으로 바꾸고
잠시 군자의 귀를 빌려
백성의 말을 듣게 하는 것
백성은 말을 해도 임금이 모르니
백성들 모두 집을 잃었네
대궐에서 백성들 근심하는 조칙 내려도
지방 관청에 내려오면 쓸모없는 종잇조각
서울 관리 보내어 백성 고통 물으려
천리마로 날마다 삼백 리를 달려도

우리 백성들은 문을 나설 힘도 없으니

어느 겨를에 마음속 일을 말하랴

한 고을에 서울 관리 한 사람씩 오더라도

관리는 귀가 없고 백성은 입이 없으니

급암 같은 선한 관리 불러

아직 죽지 않은 백성 구함만 못하리라

이 시에는 백성의 힘겨운 삶이 그려져 있다. 흉년이 들어 먹을 것이 없고, 날이 추워도 입을 것 없다. 이런 백성들의 실상을 알고 백성을 구제할 힘이 있는 관리들은 정작 백성을 구제할 마음이 없다. 임금이 조칙을 내려도 지방 관청에 이르면 그 명령은 한낱 쓸모없는 종잇조각에 불과한 처지가 된다. 한나라 무제 때 선정을 베풀었던 급암 같은 목민관을 불러 아직 죽지 않은 백성이나 구하고 싶다는 말에는 관리에 대한 통렬한 비판이 담겨 있다.

4월 15일
—이안눌

4월 15일
새벽부터 집집마다 곡하는 소리
천지는 변하여 소슬하고
쓸쓸한 바람 나무를 흔든다
놀라고 이상해 늙은 아전에게 묻는다
"곡소리가 왜 이리 구슬픈가?"
"임진년에 왜놈이 쳐들어와
이날 성이 함락됐습니다.
그때 송상현 사또님이
성을 지키시며 충절을 지켰지요.
백성들도 성안으로 들어와
모두가 피바다를 이루었답니다.
시체가 쌓였는데
겨우 한둘만 살았지요.
그래서 이날만 되면
제사상을 차리고 곡을 합니다.
아버지는 아들을 곡하고
아들은 아버지를 곡하고,

할아버지는 손자를 곡하고
손자는 할아버지를 곡합니다.
어머니는 딸을 곡하고
딸은 어머니를 곡하고,
아내는 남편을 곡하고
남편은 아내를 곡하지요.
형제와 자매
살아 있는 사람들은 모두 곡을 합니다."
이마를 찡그리고 다 듣기도 전에
눈물이 주르르 흐른다
아전이 다시 이렇게 말한다
"곡할 사람이라도 있으면 낫지요.
가족이 모두 칼날 아래 죽어서
곡할 사람도 없는 집이 많답니다."

이안눌은 1607년 12월부터 1609년 5월까지 동래 부사를 지냈다. 4월 15일은 1592년 임진왜란으로 동래성이 함락된 날이다. 그때 동래 부사였던 송상현은 백성들과 성을 지키다가 죽임을 당했다. 이 시는 그때의 상황을 늙은 아전의 말을 통해 보여주고 있다.

시는 화자와 늙은 아전의 대화로 이루어진다. 화자는 늙은 아전을 통해 지금의 곡소리 사연을 독자들에게 전달한다. 아전의 입을 통해 전해지는 그때의 상황은 독자들에게 비분강개를 느끼게 한다. 마지막으로 아전이 덧붙이는 말은, 곡소리조차도 없는 슬픔이 더 커다란 아픔이라는 역설을 보여준다.

홀로 잠을 잔다네
―허난설헌

손으로 가위 잡고 옷 마르느라
차가운 밤 열 손가락이 곱네*
다른 사람 시집갈 옷 만들지만
해마다 나는 홀로 잠을 잔다네

* 곱다: 손가락이나 발가락이 얼어서 감각이 없고 놀리기가 어렵다.

정조 때 이옥은 희곡 〈동상기〉에서 세상의 어려운 일 세 가지 중에서도
가장 힘든 게 가난한 처녀가 혼인하는 일이라고 했다.

이 시의 화자는 가난한 처녀이다. 차가운 방에서 옷을 짓느라 가위를 잡
으니, 열 손가락은 얼어서 감각이 없고 움직이기조차 힘들다. 화자는 손
가락을 호호 불면서 일을 하지만, 그 옷은 다른 여자가 시집갈 때 입을 옷
이다. 화자는 그렇게 시집갈 다른 여자의 옷을 만들지만, 정작 자신은 나
이가 찼으면서도 시집을 가지 못했다. 얼마나 한스러운가?

조선의 법전《경국대전》에는 가난 때문에 늦도록 혼인하지 못했을 때 국
가가 혼인 비용을 부담해야 함을 밝혀두었다. 또한 정약용도《목민심서》
에서 가난한 백성을 혼인시키는 일은 지방 수령이 반드시 해야 할 일이
라고 말했다. 가난 때문에 시집을 가지 못한 화자의 상황과 경제적 기반
이 불안정한 청년들이 연애와 결혼, 출산을 포기하는 요즘의 세태는 많
이 닮았다.

산골 아낙
—김창협

말에서 내려 사람 있느냐 물으니
아낙이 문을 열고 나온다
초가집 안으로 맞아들이더니
길손 위하여 밥상 차린다
"바깥양반은 어디 계시오?"
"아침에 쟁기 메고 산에 갔지요.
산밭은 갈기가 너무 힘들어
날이 저물도록 오지 못합니다."
사방을 둘러봐도 이웃은 없고
닭과 개만 첩첩한 산에 있구나
숲속에는 사나운 호랑이 많아
뜯은 콩잎 밥상에 차지 않는다
불쌍하다 이곳이 뭐가 좋다고
험한 산골짜기에서 사는가
저 들녘에서 살아가는 게 편안해
가고 싶지만 원님이 너무 무섭다네

이 시에는 산골짜기에서 사는 아낙의 말을 빌려 현실을 비판적으로 인식하는 시인의 태도가 담겨 있다. 산밭은 쟁기질도 어려워 날이 저물도록 남편이 돌아오지 못한다는 말에서 농민의 힘든 삶이 오롯이 드러난다. 이웃도 없이 사나운 호랑이가 있는 산속에 사는 아낙도 너른 들판 생활이 편안하다는 것을 안다. 아낙인들 산골짜기에서 사는 것이 힘들다는 걸 왜 모르겠는가? 그러나 산을 내려가면 호랑이보다 더 무서운 원님이 버티고 있다.

일찍이 《예기》에서 "가혹한 정치는 호랑이보다 무섭다."라고 했고, 맹자도 "백성들은 항산(살아갈 수 있는 일정한 직업이나 생업)이 있어야 항심(흔들리지 않는 굳건한 마음)을 갖는다."라고 했다.

나무하는 계집종
—신광수

가난한 집 계집종 신발도 신지 않고
산에 나무하러 가니 차돌맹이 많네
차돌에 부딪혀 발에 피가 흐르고
나무뿌리에 그만 낫이 부러졌다네
발에 흐르는 피 괴롭기보다
낫 부러져 주인에게 야단맞는 게 무섭네
날이 저물어 나무 한 단 이고 돌아와
한 덩이 조밥 요기도 안 되는데
주인에게 꾸지람만 잔뜩 듣고
문밖에 나가서 몰래 훌쩍이네
남자의 꾸지람은 한때라지만
여자의 노여움은 때가 없다네
나리 노여움이야 견딜 만하다지만
마님 노여움은 견디기 어렵다네

해설 ┄┄

가난한 집 계집종이 산에 나무를 하러 간다. 신발도 없이 험한 산을 오르니 발바닥에는 피가 흐른다. 어쩌다 나무뿌리에 낫이 걸려 그만 부러지고 말았다. 한 넝이 조밥으로 끼니를 때우지만 집에 돌아가 주인에게 꾸지람 들을 일을 생각하면 하늘이 노랗다. 날이 저물어 터덜터덜 돌아오니 역시 주인의 꾸중이 먼저이다. 하소연할 데도 없어 문밖에 나가서 눈물을 흘릴 수밖에.

보리타작
—정약용

새로 거른 막걸리 젖처럼 하얗고

큰 사발에 보리밥 높이가 한 자로세

밥 먹자 도리깨 잡고 마당에 나서니

검게 탄 두 어깨 햇빛 받아 붉구나

옹헤야 소리 내며 발맞추어 두드리니

금방 보리 낟알 여기저기 흩어지네

주고받는 노랫소리 더욱더 높아지는데

보이는 건 지붕 위 어지러이 날리는 보리

그 얼굴빛들 보니 즐겁기 짝이 없어

마음이 몸의 부림을 받지 않았네

낙원이 먼 곳에 있는 게 아닌데

무엇 하러 세상 나그네 되어 있는가

정약용은 정조가 죽고 난 뒤 노론 벽파가 일으킨 신유박해에 휘말려
1801년부터 1818년까지 장기, 강진 등에 유배된다. 정약용의 방대한 저
술은 대부분 이 유배 시절에 이루어진다. 그는《목민심서》에서 지방 관리
들이 백성들을 다스릴 때 마음속에 새겨야 하는 마땅한 도리에 대해 설
명하는데, 이는 백성에 대한 그의 생각이 어떠했는지 잘 보여준다.
이 시는 유배 시절 백성들의 보리타작을 보면서, 벼슬길을 헤매다 세상
에서 버림받은 자신의 삶을 성찰하는 모습이 잘 드러난다.

귀양지에서

—정약용

1

누릿재 고개 위에 높다란 바위들이

나그네 뿌린 눈물에 언제나 젖어 있네

월남 땅 향하여 월출산 보지 마라

봉우리들이 모두 도봉산과 닮았네

7

새로 짠 무명이 눈같이 고운데

이방 줄 돈이라고 황두가 빼앗는다

누전 세금 독촉이 성화같이 급하구나

삼월 중순 세곡선*이 서울로 떠난다며

* 세곡선: 예전에, 나라에 바치는 곡식을 실어 나르던 배.

1801년 2월, 정약용은 경북 장기현으로 유배를 갔다가 서울로 압송되고, 다시 11월 강진현으로 유배지를 옮긴다. 17년 동안의 강진 유배가 시작된 것이다. 서울을 떠나 나주 율정점에서 셋째 형님 정약전과 헤어지고 영암과 강진의 경계였던 누릿재를 넘는다. 누릿재를 넘어 월남리에서 보는 월출산은 그의 고향 양주에 있는 도봉산과 닮아 고향 생각을 더욱 간절하게 한다. 그래서 정약용은 월출산을 보지 말자고 스스로 다짐하는 것이다.

황현은《매천야록》에서 조선의 세 가지 큰 폐단으로 '평양의 기생, 호서의 양반, 전라도의 아전'을 꼽았다. 두 번째 작품은 두말할 것 없이 아전의 횡포와 탐학을 증언한다. 새로 짠 눈같이 고운 무명을 빼앗는 하급 관리, 누전(토지 대장에서 누락되어 세금을 매기지 못하는 땅)에서조차 세금을 독촉하는 모습 등 아전들의 횡포가 어떠했는지 생생하게 묘사한다. 다산은 억울한 유배 생활을 통해 현실 속 백성들의 고난을 보게 되었고, 이 같은 경험은 방대한 '다산학'을 가능하게 해주었다.

이 시의 제목은 〈탐진촌요 20수〉라고 되어 있지만 현재《여유당전서》에는 열다섯 수가 남아 있다. 탐진은 강진의 옛 이름이다.

슬프구나, 양기를 자르다니
— 정약용

갈밭 마을 젊은 여인 울음도 서러워라
관청에 가 울부짖다 하늘에 하소연하네
군인 나간 남편 못 돌아옴은 있을 법한 일이나
예로부터 남절양은 들어보지 못했네
시아버지 돌아가시고 갓난아인 배냇물도 안 말랐는데
삼대의 이름이 군적에 실렸구려
호소하려 해도 범 같은 문지기가 막고
이정이 소리치며 외양간 소를 끌고 갔네
남편 칼을 갈아 방 안으로 들어가니 피 가득하고
스스로 한탄하네 아이 낳은 재앙이구나
잠실에서의 음형°이 어찌 허물이 있어서리오
민나라 사내아이 거세함도° 가엾은 일이거늘
자식 낳고 사는 건 하늘이 내린 이치
하늘과 땅의 도리로 남자 되고 여자 되네
말이나 돼지 거세함도 슬프다 말하는데
하물며 뒤를 잇는 사람에게 있어서랴
양반들은 평생 풍악을 울리면서
쌀 한 톨 베 한 치 바치지 않는구나

모두 같은 백성인데 어찌 이리 불공평한가
객지 방에서 거듭 시구편*을 읊는다

* 잠실에서의 음형: 잠실은 누에를 치는 방으로, 온도가 높고 바람이 통하지 않는 공간이다.
  음형은 다른 말로 궁형이라고도 하는데, 남녀의 생식기에 가하는 형벌로서, 여기서는 거세
  를 뜻한다.
* 민나라 사내아이 거세함도: 민나라에서 사내아이를 낳으면 거세하여 이웃의 강대국들에
  게 내시로 바쳤던 일을 말한다.
* 시구편:《시경》에 수록된 시의 편명. 통치자가 백성을 골고루 사랑해야 한다는 것을 뻐꾸기
  에 비유해서 읊고 있다.

해설

정약용은 이 시를 지은 동기를 《목민심서》에서 이렇게 적어놓았다.

"이 시는 계해년(1803) 가을, 내가 강진에서 지은 것이다. 그때 갈밭에 사
는 백성이 아이를 낳은 지 3일 만에 군보(군역에 징발되는 정군을 경제적으
로 보조해야 하는 제도. 전쟁에 나간 군사들 대신 농사를 짓거나 세금을 더 내거나 한
다.)에 올라 있어 마을의 책임자가 군포 대신 소를 빼앗아 가자 남편은 칼
을 뽑아 자신의 남근을 자르면서, '내가 이 물건 때문에 이런 재앙을 겪는
구나.' 하였다. 그 아내는 피가 뚝뚝 떨어지는 남근을 가지고 관가에 가서
울면서 호소했으나 문지기가 막았다. 내가 이를 듣고 이 시를 지었다."

이 시는 조선 말 핍박받는 백성들의 삶에 대한 처절한 기록이다.

1. 〈병졸의 아내〉에서, 독자들에게 전쟁의 비극적 상황을 전달하는 시인(화자)의 태도를 설명해 보자.

2. 〈이삭 줍는 노래〉, 〈동산역에서〉에 그려진 상황을 말해보자.

3. 다음 두 작품을 읽고, 〈참새야〉의 두 번째 수와 표현 방법 면에서 어떤 공통점이 있는지 찾아보자.

(가) 사각사각 가는 모래 벼랑에
　　구운 밤 닷 되를 심습니다
　　그 밤이 움이 돋아 싹이 나야만
　　유덕(有德)하신 임을 여의겠습니다
　　―고려가요, 〈정석가〉에서

(나) 오리 짧은 다리 학의 다리 되도록
　　검은 까마귀 해오라기 되도록
　　향복 무강하셔 억만세를 누리소서
　　―김구(1488~1533)의 시조

4. 〈겨울옷 부치니〉 첫 수에 나타난 상황을 이야기로 서술해 보자.

5. 〈유민의 한탄〉에서, 백성들을 대하는 '나'와 '저들(관리)'의 태도를 말해보자.

6. 〈얼음 뜨는 사람〉, 〈홀로 잠을 잔다네〉와 다음 두 시의 공통적인 내용을 말해보자.

강가를 오가는 사람들
그저 농어 맛만 즐길 뿐
그대가 본 한 조각 배
풍파 속에서 나왔다 들어갔다 한다네
—범중엄, 〈강 위의 어부〉

기와 굽느라 문 앞의 흙을 다 썼는데
지붕 위에는 기와 조각 없네
열 손가락에 진흙 한 점 묻히지 않고도
번들번들한 기와집에서 사네
—매요신, 〈도자(陶者)〉

7. 〈4월 15일〉 해설에서, '곡소리조차도 없는 슬픔이 더 커다란 아픔'이라는 부분의 표현 방법을 설명해 보자.

8. 〈나무하는 계집종〉과 다음 시를 읽고, 두 시에 나타나는 여자아이의 공통적인 모습을 말해보자.

차나찬 아침인데
묘향산행 승합자동차는 텅 하니 비어서
나이 어린 계집아이 하나가 오른다
옛말속같이 진진초록° 새 저고리를 입고
손잔등이 밭고랑처럼 몹시도 터졌다

계집아이는 자성(慈城)으로 간다고 하는데
자성은 예서 삼백오십 리 묘향산 백오십 리
묘향산 어디메서 삼촌이 산다고 한다
쌔하얗게 얼은 자동차 유리창 밖에
내지인 주재소장 같은 어른과 어린아이 둘이 내임을 낸다°
계집아이는 운다 느끼며 운다
텅 비인 차 안 한구석에서 어느 한 사람도 눈을 씻는다
계집아이는 몇 해고 내지인 주재소장 집에서
밥을 짓고 걸레를 치고 아이보개를 하면서
이렇게 추운 아침에도 손이 꽁꽁 얼어서
찬물에 걸레를 쳤을 것이다
　　　—백석, 〈팔원° — 서행시초° 3〉

- 진진초록: 매우 진한 초록빛깔.
- 내임을 내다: 배웅하다.
- 팔원: 지명. 영변군 팔원면.
- 서행시초: 관서(關西), 즉 평안도와 황해도 북부 지역을 기행하고 쓴 시.

9. 정약용의 시 세 편에 나타난 작자의 태도를 말해보자.

8장
산사의 밤

이 장에는
'삶의 쓸쓸함'을 보여주는 작품을 담았습니다.
일찍이 아리스토텔레스는
인간을 두고 사회적 동물이라고 했습니다.
그러나 한편으로 우리는
혼자일 수밖에 없다는 사실도 알고 있습니다.
작품들에 나타난 삶의 모습을
자신의 생각과 견주면서 읽어봅시다.

진달래꽃 피었니
—죽서

창밖에서 우는 저 새야
어느 산에서 자고 왔니
너는 아마 산중 일을 알겠거니
진달래꽃이 피었던 안 피었던

해설 ·····

죽서는 박종언의 서녀(첩이 낳은 딸)로 서기보의 소실(첩)이었다. 아버지
에게 글을 배웠는데, 어려서부터 시에 뛰어난 재질을 보였다. 미모가 뛰
어나고 바느질과 뜨개질에도 능했으나 몸이 약해 30세 전후에 죽은 것으
로 전한다.
이 시는 죽서가 열 살 때 지은 것이라고 한다. 이른 봄날, 화자는 아침 일
찍 날아온 산새에게 산중의 일이 궁금해 묻는다. 산중에는 진달래꽃이
피었을까? 맑은 동심 가운데 봄날의 쓸쓸함이 묻어 있다.

가을밤 비 내릴 때
—최치원

가을바람에 괴로이 읊나니
세상에 나를 아는 사람이 적구나
창밖에 밤비 내리는데
등불 앞에 마음 만 리를 달리네

해설 ···

최치원은 신라 사람으로 육두품(왕족 다음가는 등급의 신분) 출신이었다.
열두 살에 당나라에 건너가 열여덟에 과거에 급제하고 스물여덟에 귀국
했다.

이 시는 당나라에서 고국 신라를 그리워하는 의미로 해석해 왔으나, 그
가 신라에 귀국한 다음 해 정강왕에게 올린《계원필경》에 실려 있지 않은
것으로 보아 귀국 후 쓴 것으로 보인다. 신라에 돌아왔으나 나라가 혼란
스러워 때를 만나지 못한 것을 스스로 가슴 아파하던 모습이 잘 나타나
있다. '만 리'는 공간적 거리라기보다는 세상과 어그러져 방황하던 시인
의 정서적 거리를 드러낸 것이라고 볼 수 있다.

옛 마을에 돌아와
─청허 휴정

삼십 년 만에 고향에 돌아오니
사람은 없고 집은 쓰러지고 마을은 황폐하다
푸른 산은 말이 없고 봄날은 저무는데
소쩍새 울음소리 아득히 들려온다

계집아이들이 종이창 틈으로 엿보고
이웃 노인이 내 이름을 묻는다
어릴 때 이름 말하고 서로 눈물 흘리는데
하늘은 바다와 같고 달은 어느덧 삼경˚이다

● 삼경: 밤 11시에서 새벽 1시 사이.

휴정은 이 시를 지은 동기를 다음과 같이 밝혀놓았다.

"내가 어려서 고아가 되어 열 살에 집을 떠나 서른다섯 살에 고향에 돌아왔다. 옛날의 이웃집이 텅 비어 밭이 되고 뽕나무와 보리만 푸르게 봄바람에 흔들렸다. 서글픔을 이기지 못하고 쓰러진 집 벽에 시를 쓰고 하룻밤을 자고 다시 산으로 돌아왔다."

삼십 년 만에 돌아온 마을은 황폐하다. 소쩍새 울음소리는 화자의 심사를 한 층 더 울적하게 한다. 낯모르는 계집아이들은 머리 깎은 스님이 마냥 신기할 터이고, 이웃집 늙은이가 화자의 이름을 듣고는 그제야 알아본다. 속세와 인연을 끊은 스님이지만 고향에 대한 마음까지 없앨 수는 없었나 보다.

외나무다리

— 김수녕

늙은 나무를 베어 앞 여울에 다리 놓고
조심스레 건너다가 얼마나 놀랐던가
사람들은 평지풍파를 알지 못하고
이 다리에 이르러 오히려 두렵다 하네

해설

외나무다리를 건넌 경험을 통해 화자는 삶을 성찰한다. 세상 사람들은
외나무다리를 건너기가 어렵다고들 하면서 정작 세상살이에 놓여 있는
어려움은 알지 못한다. 사람들은 얼핏 눈에 보이는 어려움을 두렵다고만
여긴다. 시에 나오는 '평지풍파'란 평평한 땅에서 일어나는 세찬 바람이
나 험한 물결이란 뜻으로, 흔히 세상살이의 어려움을 이르는 말이다. 세
상살이는 외나무다리를 건너듯 늘 두려워하고 조심하라는 의미가 담겨
있다.

화석정
—이이

숲속 정자에 가을이 깊으니
시인의 생각 끝이 없구나
먼 강물은 푸른 하늘에 잇닿았고
시든 단풍은 붉은 해를 마주했네
산은 외로운 달을 토하고
강은 만 리 바람을 머금었네
북쪽의 기러기는 어디로 가는지
저녁 구름 속으로 울면서 사라지네

해설 ···

화석정은 경기도 파주시 파평면 율곡리에 위치한 누각이다. 이곳은 이이 집안이 대대로 살아온 곳이고, 이이가 만년을 보낸 곳이기도 하다.

이 시는 이이가 여덟 살 때 지었다고 한다. 늦은 가을, 숲속의 정자에 오른 화자는 생각(시심)이 끝이 없다. 강물과 단풍, 푸른 하늘과 붉은 해, 산과 강, 달과 바람은 꽉 짜인 대구 형식을 보여준다. 이이의 학통을 계승한 제자 김장생이 스승 이이의 행장 안에 이 시를 신고는, "격조를 온전히 갖추어 시에 능숙한 사람이라도 따를 수 없었다."라고 격찬한 것도 이 때문이다.

산사의 밤

—정철

쓸쓸히 나뭇잎 지는 소리를
성긴 빗소리로 잘못 알았네
스님 불러 밖을 보라 하였더니
시내 남쪽 나무에 달이 걸렸다네

해설

계절은 가을, 공간은 산에 있는 절이다. 화자는 쓸쓸히 나뭇잎이 떨어지는 소리를 성기게 내리는 빗소리로 잘못 알았다고 말한다. 3구와 4구에서 화자는 스님의 입을 빌려 독자들에게 다음과 같은 사실을 전한다. "시내 남쪽 나뭇가지에 달이 걸려 있습니다." 이는 송나라 구양수의 시 〈추성부〉에서 표현 방법을 따온 것이다.

"내가 동자에게 물었다. '이것이 무슨 소리냐? 네가 나가 살펴보아라.' 동자가 말했다. '달과 별이 환히 빛나고, 은하수는 하늘에 걸렸습니다. 사방에 사람 소리도 없고, 소리는 나무 사이에서 납니다.'"

구양수가 쓸쓸한 가을 소리에서 슬픔을 말한 것처럼, 이 시에도 가을 산사에서 느끼는 화자의 쓸쓸함이 드러나 있다.

구름 속 절
—이달

절이 흰 구름 속에 있는데
스님은 구름을 쓸지 않는다
속인이 와 그제야 문을 여니
온 골짜기 솔꽃 벌써 쇠했다

해설 ⋯⋯⋯⋯⋯⋯⋯⋯⋯⋯⋯⋯⋯⋯⋯⋯⋯⋯⋯⋯⋯⋯⋯⋯⋯⋯⋯⋯⋯

이 시의 주인공은 불일암 인운 스님이다. 스님은 구름 속 깊은 절에 있다.
스님은 구름을 쓸지 않는다. 그것은 오고 감, 있고 없음을 초월한 공간이
기 때문이다. 시간의 흐름조차 멈추어 있다. 비로소 속세 사람(화자)이 와
서야 스님은 긴 침묵을 깨고 절 문을 열었다.
온 골짜기의 소나무 꽃이 진 것을 보고서야 스님은 시간의 흐름을 느낀
다. 일찍이 의상이 〈화엄일승법계도〉에서 "이름도 없고 형상도 없어 일
체를 여의었으니, 깨달음의 지혜로만 알 뿐 다른 경계 아니로다."라고 말
한 경지이다.

문수사
—최립

가본 지 십 년이라 흐릿한 문수사 길
꿈속에서 성 북서쪽을 찾아가네
대지팡이 짚고 서면 골마다 떠가는 구름
문을 열고 보면 봉우리마다 떴다 지는 달
풍경 소리 아련한 새벽 바위틈에 샘물 소리
등잔 심지 돋우는 저녁 솔바람에 사슴 울음
이런 정경 언제 다시 스님과 얻어보나
칠월이라 관아 길을 질퍽이며 걸어가네

문수사는 북한산 문수봉 아래에 있는 절로 전망이 뛰어나다. 이 절의 스님이 시를 엮어 최립에게 평을 부탁하자, 최립은 이 시를 지어 화답했다고 한다.

최립은 가본 지 십 년이 넘은 흐릿한 기억 속의 문수사를 꿈속에서 찾아간다. 시인은 3, 4구와 5, 6구를 통해 시각적·청각적으로 그곳을 그려준다. 절 앞의 골짜기에는 구름이 떠가고, 봉우리 위로는 달이 뜨고 진다. 또 풍경 소리 맑은 새벽에는 바위틈에서 떨어지는 샘물 소리가 들리고, 등잔불 밝히는 저녁에는 솔바람을 타고 사슴 울음소리가 들려온다. 그만큼 문수사의 풍경이 아름답다는 것이다.

그러나 지금 시인은 그곳을 꿈속에서나 그려볼 뿐이다. 칠월 장마로 질펙이는 진흙길을 밟고 가는 화자의 모습은 고단한 벼슬살이를 보여주며, 문수사의 풍경과 대조를 이루고 있다.

시무나무 아래
—김병연

시무나무 아래 서러운 나그네
망할 놈의 마을에선 쉰밥을 준다
세상에 어찌 이런 일이 있는가
집에 돌아가 설은 밥먹어야지

해설

김병연은 김삿갓으로 더 잘 알려져 있다. 그의 할아버지가 홍경래의 난
이 일어나자 항복했는데, 김병연은 이를 비난하는 시로 향시에서 장원
급제를 했다. 아이러니하게도 그에게는 이 일이 평생의 수치로 남아, 삿
갓으로 얼굴을 가리고 일생을 방랑하며 지냈다고 한다.

김삿갓은 어느 마을에 이르러 먹을 것을 청한다. 그런데 집주인이 쉰밥
을 내온다. 이 시는 그 경험을 쓴 것이다. 시 속에는 숫자를 이용한 다양
한 말장난과 풍자가 들어 있는데, 시인은 이를 통해 걸식하던 나그네의
설움을 표현했다. 그 내용을 정리하면 다음과 같다.

- 시무나무: 이십수(二十樹). 이십, 스물, 스무, 시무.
- 서러운 나그네: 삼십객(三十客). 서른, 서러운.
- 쉰밥: 오십식(五十食). 쉰.
- 이런 일: 칠십사(七十事). 일흔, 이런
- 설은 밥: 삼십식(三十食). 서른, 설은.

1. 〈가을밤 비 내릴 때〉를 읽고, 작자의 삶에 비추어 '만 리'의 뜻을 설명해 보자.

2. 〈외나무다리〉에서, 외나무다리를 바라보는 화자와 사람들의 태도를 말해 보자.

3. 〈화석정〉의 3, 4구와 5, 6구에서 대구를 이루는 시어를 찾아보자.

	3, 4구		5, 6구	
시어	강물	푸른 하늘	산	달
짝				

4. 〈산사의 밤〉에서, 화자의 정서를 드러내는 시어를 찾아보자.

5. 〈문수사〉의 화자는 꿈속에 간 문수사의 풍경을 3, 4구와 5, 6구에서 어떤 감각 이미지를 통해 표현하고 있는지 말해 보자.

9장
그림자, 나 아닌 나

이 장에는
'초월'을 이야기하는 작품을 담았습니다.
우리는 현실에 적응하며 살아가면서도
때로는 자신의 현재 모습에서
벗어나고픈 욕망을 가지고 있습니다.
그것은 꿈을 통해서 실현되기도 하지만,
대부분 자신의 삶을 되돌아보고 반성하면서
다시 현실로 돌아옵니다.
이 장에서 그러한 초월의 욕망이
어떻게 나타나는지 살펴봅시다.

우물 안의 달
—이규보

산사 스님이 달빛을 탐내어
병 속에 물과 달을 함께 길었네
절에 돌아오면 비로소 깨달으리라
병을 기울이면 달도 또한 비게 되는 것을

해설 ··

불교에서 사람의 마음을 어지럽히고 깨달음에 이르지 못하도록 방해하는 세 가지 번뇌를 독에 비유하여 '삼독'이라고 한다. 그것은 '욕심, 성냄, 어리석음' 따위이다.

산에 사는 스님이 달빛을 탐낸다. 번뇌의 시작이다. 그 욕심의 끝은 무엇일까? 시인은 '텅 빔(空)'이라고 말한다. 사람들은 욕망의 대상이 되지 못하는 것조차 욕망하려고 한다. 그것은 깨달음을 구하는 구도자도 마찬가지이다. 그러나 그 모든 욕망의 끝은 허망함이다.

강기슭의 백로
—이규보

앞 여울에 물고기와 새우가 많아
백로가 물결을 뚫고 들어가려다
사람을 보고는 문득 놀라 일어나
강기슭에 도로 날아가 앉아서
목을 들고 사람 가기 기다리다
가랑비에 털이 다 젖었다
마음은 여울의 물고기에 있는데
사람들은 기심*을 잊고 서 있다고 한다

* 기심: 기회를 엿보는 마음.

해설

백로는 희고 깨끗해 예로부터 청렴한 선비를 상징했고, 글과 그림의 소
재로 많이 이용되었다. 널리 알려진 시조(일명 〈백로가〉)에서도 백로는 간
신을 상징하는 까마귀와 대비되는 충신으로 그려져 있다.
시인은 이런 일반적인 시각을 비튼다. 백로의 마음은 여울의 물고기에
있는데도 사람들은 백로의 모습을 고고하다고 예찬한다. 그러나 그 고고
함은 실상 거짓이다. 시인은 대상의 본질을 바로 볼 것을 요구한다.

그림자
―진각국사 혜심

못가에 혼자 앉았다가
못 안에 있는 스님 만났다
말없이 웃으며 서로 보는데
그를 알아보고 말해도 대답 없다

스님은 연못가에 앉아 거울같이 맑은 물을 들여다본다. 거기 자신의 모
습이 비쳐 있다. 스님은 말없이 빙그레 웃는다. 그러자 수면의 그림자도
따라 웃는다. 스님이 말을 걸어보지만 그림자는 대답이 없다.
한 편의 동시 같은 이 시에는 사실 사물의 본질과 현상에 대한 날카로운
깨달음이 숨어 있다. 스님이 나일까, 그림자가 나일까? 아니면 그 둘 모두
나일까, 그 둘 모두 내가 아닌 것은 아닐까?

입멸

—원증국사 보우

사람의 목숨은 물거품처럼 빈 것이어서
팔십여 년이 봄날 꿈속 같았네
죽음에 다다라 이제 가죽 부대 버리노라니
한 바퀴 붉은 해가 서산으로 넘어가네

흔히 스님의 죽음을 '입적, 입멸, 입정, 열반'이라 한다. '입적, 입멸'이란
번뇌가 모두 사라지고 궁극적인 고요함의 세계에 들어선다는 뜻이며,
'입정'이란 마음이 하나의 경지에 정지하여 흐트러짐이 없는 상태인 선
정에 들어간다는 뜻이다. 또 '열반'이란 모든 번뇌의 얽매임에서 벗어나
진리를 깨달은 상태를 의미한다.

이 시는 고려 말 승려인 보우의 임종게(고승들이 입적할 때 수행을 통해 얻은
깨달음을 후인들에게 전하는 마지막 말이나 글)이다. 죽음에 이르고 보니 지난
팔십여 년이 물거품처럼, 봄날 꿈처럼 느껴진다고 화자는 말한다. 죽음
앞에 누구라도 회한이 있겠지만, 스님의 임종은 참 맑고 깨끗하다.

꿈
—청허 휴정

주인은 나그네에게 꿈 이야기 하고
나그네는 주인에게 꿈 이야기 한다
지금 꿈 이야기 하는 두 사람
이 또한 꿈속의 사람이네

해설 ··

장자가 꿈에 나비가 되었다. 스스로 유쾌하여 자기가 장자인 줄 몰랐다.
그러나 조금 뒤에 깨어보니 자기는 틀림없이 장자였다. 장자가 나비가
된 꿈을 꾼 것일까, 아니면 나비가 장자가 된 꿈을 꾼 것일까?
이는《장자》에 나오는 이야기이다. 장자는 만물의 변화를 나비의 꿈을 빌
려 이야기했다. 절대 경지에서 보면 장자도 나비도, 꿈도 현실도 구별이
없다. 다만 만물의 변화에 불과할 뿐인 것이다. 이 시에서 주인과 나그네
도 장자와 나비의 다른 비유이다. 어느 것이 진정한 나인가?

참된 앎
—청매 인오

앎으로써 아는 앎이란
손으로 허공을 잡는 것
앎이란 스스로 아는 것일 뿐
앎이 없음을 아는 것이 참된 앎

해설 ···

공자는 《논어》에서 이렇게 말했다. "아는 것을 안다고 하고 모르는 것을
모른다고 하는 것이 바로 아는 것이다." 또 소크라테스는 이렇게 말했다.
"너 자신을 알라." 조선 시대의 불교 개론서 《선가귀감》에는 "의심이 크면
깨달음도 크다."라는 말이 나온다. 모든 망념과 미혹을 버리고 자기 본래
의 성품을 깨달음으로써 부처가 된다는 말이다. 즉 미망에서 벗어나 진
리를 깨친다는 것은 결국 참된 자기를 깨닫는 일이다.

진리와 깨우침에 관한 동서양의 다양한 가르침. 그러나 이 시는 이것을
한 번 더 넘어선다. 앎이 없음을 아는 것. 결국 진리란 역설적이게도 끊임
없는 부정을 통해서만 드러날 뿐이다.

그림자, 나 아닌 나

―장유

등불을 앞에 하고 문득 고개를 돌리니
괴이하게도 또 나를 따르는구나
숨었다 나타났다 일정한 모습 없고
밝음과 어둠을 따르네
홀로 가는 길에 늘 짝이 되어
늙도록 떠난 적 없었네
일체가 꿈과 허깨비라는 참된 이치는
《금강경》을 보면 알리라

해설 ···

나 아니면서 나이기도 하며, 나와 늘 함께하는 것은 무엇일까? 바로 그림
자이다. 일정하게 정해진 모양은 없지만 그림자는 늘 나를 따라다닌다.
홀로 살아가는 이 세상에서 나와 짝이 되어 늘 함께한다.
이 시는 그림자에 대한 소박한 관찰이다. 마지막 두 구절은 다음과 같은
《금강경》의 마지막 말을 두고 한 것이다.
"모든 현상은 꿈과 허깨비, 물거품과 그림자 같고, 이슬이나 번개 같으니,
마땅히 이렇게 보아야 하리라."
나(자아)에 대한 집착이 없어지는 곳에서 반야의 지혜가 싹튼다.

생각할 거리

1. 〈우물 안의 달〉의 주제를 말해보자.

2. 〈강기슭의 백로〉를 읽고, 다음 물음에 답해보자.
   (1) 사람들이 강기슭의 백로를 보고 하는 말을 써보자.
   (2) 사람들의 이러한 태도는 무엇 때문인지 말해보자.

3. 〈입멸〉을 읽고, 다음 시어와 시구의 속뜻을 말해보자.

시어, 시구	속뜻 ·
물거품	
가죽 부대	
서산으로 넘어가네	

4. 〈꿈〉의 해설에서 물은 것처럼, '나'를 표현해 보자.

5. 〈참된 앎〉과《논어》에 나오는 다음 글을 읽고, 앎을 위해 어떤 자세가 필요한지 말해보자.

   · 배우기를 좋아하고 아랫사람에게 묻는 것을 부끄러워하지 않는다.
   · 아는 것을 안다고 하고 모르는 것을 모른다고 하는 것이 바로 아는 것이다.
   · 옛날 배우는 사람들은 자신을 위해 공부했는데, 지금 배우는 사람들은 남에게 보이기 위해 공부한다.

1장
묏버들 가려 꺾어

이 장에는
'사랑과 그리움'을 노래한 작품을 담았습니다.
사랑과 그리움이란
우리의 가장 원초적인 감정인지도 모릅니다.
그래서 사랑과 그리움은
시대와 공간을 뛰어넘어
문학에서 이야기하고 있는 것인지도 모르지요.
작품을 읽으면서
사랑과 그리움의 정서를 느껴보기를 바랍니다.

어져 내 일이여
—황진이

어져[*] 내 일이여 그릴 줄을 몰랐던가
있으라 하더면 가랴마는 제 구태여
보내고 그리는 정은 나도 몰라 하노라

---

[*] 어져: 놀라거나 당황하거나 초조하거나 다급할 때 나오는 소리. 혹은 무엇이 잘못된 것을 갑자기 깨달았을 때 하는 말. '어!' 또는 '아차!' 정도로 이해할 수 있다.

해설 ············

'내 일'이란 그리워할 줄 모르고 임을 보낸 일이다. 그때 임을 붙잡지 못한 것에 대한 후회와 아쉬움의 정서를 엿볼 수 있다. 특히 '제 구태여'라는 구절은 두 가지 해석이 가능한데, '있으라고 하였더라면 제(=임) 구태여 갔겠는가마는'으로도 읽힐 수 있고, '제(=화자) 구태여 보내고 그리는 정'으로도 읽힐 수 있다.

동짓달 기나긴 밤을
—황진이

동짓달* 기나긴 밤을 한 허리를 베어내어
춘풍 이불 아래 서리서리* 넣었다가
얼운* 임 오신 날 밤이어든 굽이굽이 펴리라

- 동짓달: 음력 11월.
- 서리서리: 국수, 새끼, 실 따위를 헝클어지지 아니하도록 둥그렇게 포개어 감아놓은 모양.
- 얼운: 정든.

해설 ·····················

동짓달은 음력 11월로 밤이 가장 긴 달이다. 임이 오시지 않는 그 기나긴 밤을 잘라내 차곡차곡 쌓아두었다가 임이 오신 밤이면 굽이굽이 펴겠다고 한다. 발상이 기발하다. 특히 '밤'이라는 시간적 개념을 '허리'라는 공간적 개념으로 바꾸어놓은 것은 가히 혁명적이다.

내 언제 무신하여
—황진이

내 언제 무신(無信)하여 임을 언제 속였관데
월침 삼경*에 온 뜻이 전혀 없네
추풍(秋風)에 지는 잎 소리야 낸들 어이하리오

* 월침 삼경(月沈三更): 월침은 달빛이 흐릿한 깊은 밤. 삼경은 밤 11시에서 새벽 1시 사이.

해설 ⋯⋯⋯⋯⋯⋯⋯⋯⋯⋯⋯⋯⋯⋯⋯⋯⋯⋯⋯⋯⋯⋯⋯⋯⋯⋯⋯⋯⋯⋯⋯⋯⋯⋯

가을밤, 바람에 떨어지는 나뭇잎 소리가 임이 온 기척인가 싶어 설렌다.
그러나 내다보니 그것은 그냥 나뭇잎 지는 소리일 뿐이다. '나는 신의가
없지 않았다'는 말에는 임에 대한 원망이 드러나지만, '낸들 어이하리오'
라는 구절에는 임에 대한 애틋한 그리움이 배어 있다.

산은 옛 산이로되
—황진이

산은 옛 산이로되 물은 옛 물이 아니로다
주야에 흐르거든 옛 물이 있을쏘냐
인걸˚도 물과 같도다 가고 아니 오노매라

• 인걸: 특히 뛰어난 인재. 여기서는 '기다리는 임'.

해설 ·········

산은 변함없이 옛날의 그 산이지만 흐르는 물은 어제의 그 물이 아니라
끊임없이 변한다. 밤낮으로 흘러 변하는 그 물은, 가서 돌아오지 않는 임
과 같은 존재이다. 임을 기다리는 화자의 애틋한 마음이 전해 온다.

청산은 내 뜻이요
—황진이

청산은 내 뜻이요 녹수는 임의 정이
녹수 흘러간들 청산이야 변할쏜가
녹수도 청산을 못 잊어 울어예어 가는가*

* 울어예어 가는가: 울면서 가고 또 가는가. '예다'는 '가다'의 옛말.

해설 ·····

변함없는 청산은 화자를, 끊임없이 변하는 녹수는 임과 동일시된다. 중
장에는 설사 임이 변한다 하더라도 화자의 마음은 변하지 않겠다는 굳은
마음이 표현되어 있다. 임의 마음이 바뀐다 하더라도 화자의 마음이 변
함없다면 결국 임도 화자를 못 잊을 것이라는 강한 희망이 담겨 있다.

청산리 벽계수야
―황진이

청산리* 벽계수야 수이 감을 자랑 마라
일도 창해하면* 다시 오기 어려우니
명월이 만공산*하니 쉬어 간들 어떠리

* 청산리(靑山裏): 푸른 산속.
* 일도(一到) 창해(滄海)하면: 한번 넓은 바다에 이르면.
* 만공산(滿空山): 빈산에 가득 참.

해설

이 작품의 특징은 한 단어에 두 가지 이상의 뜻을 곁들여 표현함으로써
언어의 단조로움으로부터 벗어날 수 있었다는 것이다. 따라서 여러 의미
를 나타내고자 하는 중의적 표현을 이해하는 것이 필요하다.
'벽계수'는 '푸른 시냇물'을 뜻하면서 왕실 종친인 한 인물을 뜻하며, '명
월'은 '밝은 달'을 뜻하면서 동시에 '황진이 자신'을 뜻한다. 한 기녀가 여
색을 멀리하는 남성을 유혹하는 노래로도 읽을 수 있지만, 변하지 않는
청산과 끊임없이 흘러가는 벽계수를 통해 인생의 덧없음을 노래한 것으
로도 볼 수 있다.

이화우 흩뿌릴 제
—계랑

이화우* 흩뿌릴 제 울며 잡고 이별한 임
추풍낙엽*에 저도 날 생각는가
천 리에 외로운 꿈만 오락가락하노매

• 이화우(梨花雨): 비처럼 떨어지는 배꽃. 또는 배꽃 필 때 내리는 비(봄비).
• 추풍낙엽: 가을바람에 떨어지는 잎.

해설 ⋯⋯⋯⋯⋯⋯⋯⋯⋯⋯⋯⋯⋯⋯⋯⋯⋯⋯⋯⋯⋯⋯⋯⋯⋯⋯⋯⋯⋯⋯⋯⋯⋯⋯

이화우 흩뿌리는 봄에 임과 헤어졌는데 벌써 가을이다. 임은 정녕 나를 잊은 것인가? '천 리'라는 공간적 거리는 임과 화자의 정서적 거리를 표현한 것이다.

계랑은 조선 명종 때 전라도 부안에서 이름을 날리던 기녀로, 본명은 이향금이고 호는 매창으로 알려져 있다. 그녀는 당시 깊게 정을 나누던 학자이자 시인인 유희경과 헤어진 후 그를 그리워하며 이 시를 지었다고 한다.

묏버들 가려 꺾어
―홍랑

묏버들 가려 꺾어 보내노라 님에게
주무시는 창 밖에 심어두고 보소서
밤비에 새잎곳° 나거든 날인가도 여기소서

● 새잎곳: '곳'은 옛말에서 체언 다음에 붙여 '만', '곧'처럼 앞말을 강조하는 보조사.

해설 ....

선조 6년 최경창이 북해 평사로 경성(鏡城)에 가 있을 때 친해진 홍랑이,
이듬해 최경창이 서울로 돌아가게 되자 영흥까지 배웅하고 함관령에 이
르러 저문 날 내리는 비를 맞으며 이 노래와 버들가지를 함께 보냈다고
한다. 초장의 '묏버들'은 임을 향한 작자의 지고지순한 사랑의 정표이다.

오리 짧은 다리
― 김구

오리 짧은 다리 학의 다리 되도록애
검은 까마귀 해오라기 되도록애
향복 무강°하셔 억만세를 누리소서

● 향복무강: 끝없이 복을 누림.

해설 ⋯⋯⋯⋯⋯⋯⋯⋯⋯⋯⋯⋯⋯⋯⋯⋯⋯⋯⋯⋯⋯⋯⋯⋯⋯⋯⋯⋯⋯

중종이 달밤에 김구의 글 읽는 소리를 듣고, 노래도 잘할 것 같으니 노래
도 한번 해보라며 명을 내리니, 김구가 즉석에서 이 시를 지어 읊었다고
한다.
짧은 오리의 다리가 학의 다리가 될 수는 없으며, 검은 까마귀 역시 흰 해
오라기가 될 수 없다. 이처럼 작자는 '불가능한 것, 비현실적인 것'을 '가
능한 것, 현실적인 것'으로 표현하여 영원한 복을 빌고 있다.

청초 우거진 골에
—임제

청초 우거진 골에 자느냐 누웠느냐
홍안°을 어디 두고 백골만 묻혔느니
잔 잡아 권할 이 없으니 그를 슬퍼하노라

● 홍안: '붉은 얼굴'이라는 뜻으로, 젊어서 혈색이 좋은 얼굴을 이르는 말.

해설

삭자가 평안 도사로 부임해 가는 길에, 황진이의 무덤을 찾아가 부른 노래이다. 살아생전에 아름다웠던 그녀의 모습을 그리워하는 마음과 이제는 백골이 되어 누워 있는 현실 앞에서 느끼는 허무감이 짙게 배어 있다.

북창이 맑다커늘
—임제

북창(北窓)이 맑다커늘 우장* 없이 길을 나니
산에는 눈이 오고 들에는 찬비로다
오늘은 찬비 맞았으니 얼어* 잘까 하노라

* 우장: 비옷.
* 얼다: 어우르다. 남녀가 관계하다.

해설 ....

북창(북쪽 하늘)이 맑다 해서 비옷 없이 길을 나섰는데, 산에는 눈이 오고
들에는 찬비가 내린다. 여기서 '찬비'는 평양 기생 '한우(寒雨)'를 우리말
로 풀어 쓴 것이다. 찬비를 맞았다는 것은 '한우'를 만났다는 것. 그러므
로 '얼어 잔다'는 것은 사랑을 나누고 싶다는 뜻이다.

어이 얼어 자리

—한우

어이 얼어 자리 무슨 일 얼어 자리
원앙침 비취금 어디 두고 얼어 자리
오늘은 찬비 맞았으니 녹아 잘까 하노라

해설

앞의 시조에 화답한 작품이다. 앞의 작품이나 이 작품에 쓰인 중의적 표현은 시에 묘미를 더한다. 화자는 인(임세)을 만났는데 어찌 얼어 잘까 반문한다. 찬비를 맞았다는 것은 화자가 임제를 만났다는 것. '녹아 잘까'라는 표현은 앞의 '얼어 잘까'라는 구절과 대응을 이룬다. 상대방에 대한 화자의 은근한 정이 묻어난다.

서방님 병들어 두고

—김수장

  서방님 병들어 두고 쓸 것 없어
  종루 저자 다리* 팔아 배 사고 감 사고 유자 사고 석류 샀다 아
차아차 잊었구나 오화당*을 잊어버렸구나
  수박에 술* 꽂아놓고 한숨 겨워 하노라

- 다리: 예전에, 여자들의 머리숱이 많아 보이라고 덧넣었던 딴 머리.
- 오화당: 오색 사탕.
- 술: 숟가락.

해설 ··

조선 후기에 등장한 사설시조는 내용적인 면에서 이전 사대부의 시조와
는 크게 달랐다. 이전의 시조는 유교적인 충의나 강호한정을 노래한 것
이 대부분이었지만, 평민 의식의 성장으로 등장한 사설시조에는 서민들
의 생활 모습과 감정이 녹아 있는 작품이 많았다.
이 작품에서는 병든 서방 대신 아내가 경제활동을 한다. 아내는 먹을 것
을 구하려고 머리카락을 판다. 그 돈으로 과일을 샀는데 깜박하고 사탕
을 빠트린 것이다. 수박에 숟가락 꽂아놓고 한숨 겨워 하는 모습에는 가
장에 대한 걱정과 가난에 대한 설움이 묻어 있다.

내게는 원수가 없어
—박문욱

내게는 원수가 없어 개와 닭이 큰 원수로다
벽사창* 깊은 밤에 품에 들어 자는 임을 짧은 목 늘여 홰홰* 쳐
울어 일어나 가게 하고 적막 중문에 온 임을 무르락나오락 캉캉
짖어 도로 가게 하니
아마도 유월 유두 백중* 전에 사라져 없이하리라

* 벽사창: 짙푸른 빛깔의 비단을 바른 창.
* 홰홰: 가볍게 자꾸 휘두르거나 휘젓는 모양.
* 유두, 백중: 유두는 우리나라 명절로, 음력 유월 보름날. 나쁜 일을 쫓아내기 위해 동쪽으로
  흐르는 물에 머리를 감는 풍속이 있었다. 백중은 음력 칠월 보름날.

해설 ···

화자에게 개와 닭은 어째서 원수일까? 바로 개는 짖고 닭은 울어, 깊은
밤 비단 창 안에 품고 자는 임을 일어나 돌아가게 하고, 외롭고 쓸쓸한 밤
에 찾아온 임을 돌아가게 만들기 때문이다. 자는 임을 깨우는 닭과 오는
임을 도로 가게 하는 개를 원망하는 내용을 담으면서도, 임에 대한 화자
의 사랑을 재미있게 표현하고 있다.

개를 여남은이나 기르되
—지은이 모름

　개를 여남은이나 기르되 요 개같이 얄미우랴

　미운 임 오면은 꼬리를 홰홰 치며 치뛰락내리뛰락 반겨서 내닫고 고운 임 오게 되면 뒷발을 바동바동 물러나락나아오락 캉캉 짖어서 돌아가게 한다

　쉰밥이 그릇 그릇 난들 너 먹일 줄이 있으랴

해설 ⋯⋯

열 남짓한 개 가운데 '요 개'같이 얄미울 수 있을까? 미운 사람 오면 반겨서 꼬리를 치고, 반가운 임이 오면 컹컹 짖어 쫓아버린다. 특히 중장은 형식을 파괴하여 진솔하고 익살스러운 서민들의 감정을 실감 나게 담아내고 있다. 개 때문에 임이 오지 못할 리가 없을 텐데, 임에 대한 서운한 감정이 개에 전가되어 표현된 것이다.

나무도 바윗돌도 없는 뫼에
―지은이 모름

나무도 바윗돌도 없는 뫼에 매에게 쫓기는 까투리 안과

대천 바다 한가운데 일천 석 실은 배에 노도 잃고 닻도 잃고 용

총°도 끊어지고 돛대도 꺾이고 키도 빠지고 바람 불어 물결치고

안개 뒤섞여 잦아진 날에 갈 길은 천리만리 남았는데 사면이 검어

어둑 저물고 천지 적막 까치놀° 떴는데 수적 만난 도사공의 안과

엊그제 임 여읜 내 안이야 어디에 비교하리오

• 용총: 돛대에 매어놓은 줄. 돛을 올리거나 내리는 데 쓴다.
• 까치놀: 석양을 받은 먼바다의 수평선에서 번득거리는 노을.

해설 ···

각 장에 하나씩, 3장을 통해 세 안(마음)을 그리고 있다. 첫째 안은 나무
도 바윗돌도 없는, 즉 숨을 곳도 없는 산에서 매에게 쫓기는 까투리(암꿩)
의 안이다. 얼마나 절망적인가? 둘째 안은 사납게 파도치는 큰 바다 한가
운데서 곡식 일천 섬을 실은 배가 부서졌는데 설상가상으로 수적을 만난
우두머리 뱃사공의 안이다. 이 또한 절망적이다.

그러나 화자는 이들의 절망감보다 엊그제 임 여읜 자신의 안이 비교할
수 없을 만큼 참담하고 절망적이라고 말한다. 임을 여읜 화자의 절망감
이 비교, 점층, 과장의 방식을 통해 효과적으로 표현되어 있다.

임이 오마 하거늘
—지은이 모름

임이 오마 하거늘 저녁밥을 일찍 지어 먹고 중문 지나 대문 나가 문지방 위에 치달아 앉아 이수로 가액하고* 오는가 가는가 건넛산 바라보니 검어희뜩 서 있거늘 저야 임이로다

버선 벗어 품에 품고 신 벗어 손에 쥐고 곰비임비* 임비곰비 천방지방* 지방천방 진 데 마른 데 가리지 말고 위렁충창* 건너가서 정엣말 하려 하고 곁눈으로 흘낏 보니 상년* 칠월 사흗날 갉아 벗긴 주추리 삼대* 살뜰히도 날 속였구나

모쳐라* 밤일새 망정 행여 낮이런들 남 웃길 뻔하여라

• 이수로 가액하고: 손을 이마에 얹고.
• 곰비임비: 물건이 거듭 쌓이거나 일이 계속 일어남을 나타내는 말.
• 천방지방: 천방지축. 너무 급하여 허둥지둥 함부로 날뛰는 모양.
• 위렁충창: 급히 달리는 발자국 소리.
• 상년(上年): 지난해.
• 주추리 삼대: 삼의 껍질을 벗기고 난 하얀 속대.
• 모쳐라: '마침'의 옛말. 어떤 경우나 기회에 알맞게. 또는 공교롭게.

오늘 밤에 임이 온다고 했다. 화자는 저녁밥도 먹는 둥 마는 둥 하고 대문
문지방 위에서 이마에 손을 얹고 멀리 건넛산을 바라보니 검은 듯 흰 듯
한 것이 얼핏 비쳐 임인가 싶다. 중장은 삼대를 임으로 잘못 알고 달려가
는 화자의 모습이 과장되게 그려진다. 신과 버선을 벗고 허둥지둥 달려
가는 모습과 종장에서 자신의 실수에 대해 겸연쩍어하면서도 밤이라 아
무도 보는 사람이 없어 안도하는 화자의 모습이 익살과 과장을 통해 해
학적으로 묘사되고 있다.

바람도 쉬어 넘는 고개

―지은이 모름

바람도 쉬어 넘는 고개 구름이라도 쉬어 넘는 고개
산지니* 수지니* 해동청* 보라매* 쉬어 넘는 고봉 장성령 고개
그 너머 임이 왔다 하면 나는 아니 한 번도 쉬어 넘어가리라

- 산지니: 산에서 자라 여러 해를 묵은 매나 새매.
- 수지니: 사람의 손으로 길들인 매나 새매.
- 해동청: 매.
- 보라매: 태어난 지 1년이 안 된 새끼를 잡아 길들여서 사냥에 쓰는 매.

해설 ···

얼마나 높은 고개이기에 바람도 구름도, 산지니, 수지니, 해동청, 보라매
도 쉬어 넘는다고 하는 걸까? 하지만 화자는 다짐한다. 그 너머 임이 왔
다고 한다면 '아니' 한 번도 쉬고 넘을 것이라고. '아니'를 도치시켜 사랑
의 힘이 얼마나 강한 것인지 보여준다.

널리 알려진 노래 〈The power of love〉에서도 사랑의 힘을 두고 이렇게 말
하지 않던가. "바깥세상이 감당하기에 아무리 어려울지라도 당신과 함께
라면 모든 어려움도 끝나버려요."

어이 못 오던가
—지은이 모름

　어이 못 오던가 무슨 일로 못 오던가
　너 오는 길 위에 무쇠로 성을 쌓고 성안에 담 쌓고 담 안에는
집을 짓고 집 안에는 뒤주 놓고 뒤주 안에 궤를 놓고 궤 안에 너
를 결박하여 놓고 쌍배목® 외걸새®에 용거북 자물쇠로 깊이깊이
잠갔느냐 네 어이 그리 아니 오느냐
　한 달이 서른 날이거니 날 보러 올 하루 없으랴

● 쌍배목: 쌍으로 된 문고리를 거는 쇠.
● 걸쇠: 대문이나 방의 여닫이문을 잠그기 위하여 빗장으로 쓰는 'ㄱ' 자 모양의 쇠.

해설 ···

오지 않는 임에 대한 그리움과 원망이 담겨 있다. 왜 이토록 임이 오시지
않을까? 중장을 뒤에서부터 거꾸로 읽어보면, 너를 넣은 궤에 빗장을 걸
고 자물쇠로 잠가서 궤를 뒤주 안에 넣고, 그 뒤주를 집 안에 두고, 그 집
을 담으로 두르고, 그 단에 무쇠로 성을 쌓아 둘러서 못 오는 것인가 생각
한다. 그럴 리가 없다면, 한 달에 하루만이라도 왔어야 하지 않을까? 화자
는 이처럼 오지 않는 임에 대한 원망과 그리움을 과장과 연쇄의 방법을
사용하여 절실하게 말하고 있다.

창 내고자 창을 내고자
—지은이 모름

창 내고자 창을 내고자 이내 가슴에 창 내고자
고모장지* 세살장지 들장지 열장지 암톨쩌귀* 수톨쩌귀 배목
걸쇠 크나큰 장도리로 뚝딱 박아 이내 가슴에 창 내고자
이따금 하 답답할 제면 여닫아 볼까 하노라

* 장지: 방과 방 사이, 또는 방과 마루 사이에 칸을 막아 끼우는 문.
* 돌쩌귀: 문짝을 문설주에 달아 여닫는 데 쓰는 두 개의 쇠붙이.

해설 ⋯⋯⋯⋯⋯⋯⋯⋯⋯⋯⋯⋯⋯⋯⋯⋯⋯⋯⋯⋯⋯⋯⋯⋯⋯⋯⋯⋯⋯⋯⋯⋯⋯⋯

화자는 답답하다. 그래서 가슴에 창을 내고 싶다고 말한다. 답답함의 원인이 무엇인지는 말하지 않는다. 단지 중장에서 열거된 문이나 문짝과 관련된 것들을 통해 답답함의 크기가 얼마큼인지 상상해 볼 뿐이다.
답답함의 원인이 무엇인지 알아내는 것은 이 작품을 읽는 독자들의 몫이다. 독자들에겐 어떤 식의 해석도 가능하다. 이것이 시간과 공간을 초월해서 문학작품이 생명을 가지는 이유이다.

창밖이 어른어른하거늘
—지은이 모름

창밖이 어른어른하거늘 임만 여겨 펄떡 뛰어 뚝 나서 보니

임은 아니 오고 으스름 달빛에 열구름* 날 속였구나

마초아* 밤일새 망정 행여 낮이었던들 남 웃길 뻔하여라

* 열구름: 지나가는 구름. 열구름은 '여-+ㄹ'과 '구름'이 합쳐진 말로, '여다(녀다)'는 '가다'
  의 옛말.
* 마초아: '마침'의 옛말.

해설

창밖에 무엇인가 어른거려 임인가 하고 나가 보니, 으스름한 달빛에 구름이 지나가고 있을 뿐이었다. 이러한 착각은 물론 임에 대한 화자의 그리움 때문이디. 또는 흔히 불교에서 말하는 집착 때문이기도 하다. 부처님은 이 집착에서 온갖 괴로움이 말미암는다고 했지만, 보통 사람들은 괴로울지언정 집착을 버리지 못한다. 하지만 사랑이나 그리움을 이끌어 내는 것 또한 바로 이 집착이다.

천세를 누리소서
—작자 미상

천세를 누리소서 만세를 누리소서
무쇠 기둥에 꽃 피어 열매 열어 따 들이도록 누리소서
그 밖에 억만세 외에 또 만세를 누리소서

해설 ···

임의 만수무강을 기원하는 노래이다. '무쇠 기둥에 꽃이 피어 열매를 따
들인다.'라는 중장의 내용은 고려가요 〈정석가〉와 매우 닮았다.
"옥으로 연꽃을 새깁니다. 바위 위에 접을 붙입니다. 그 꽃이 세 묶음 피
어야만, 유덕하신 임을 여의겠습니다." 무쇠 기둥에 꽃이 필 리가 없으니
당연히 열매를 거둘 수 없다. 불가능할 정도로 과장된 상황을 설정함으
로써 임의 장수를 바라는 화자의 마음이 얼마나 깊은지 보여준다.

1. 황진이의 작품을 읽고, 각 작품의 표현상 특징을 정리해 보자.

작품	표현상 특징
어져 내 일이여	
동짓달 기나긴 밤을	
산은 옛 산이로되	
청산은 내 뜻이요	
청산리 벽계수야	

2. 〈이화우 흩뿌릴 제〉에서, 화자가 임과 헤어지고 난 뒤의 시간적 거리와 임과 화자와의 공간적·정서적 거리를 나타내는 시어를 찾아보자.

3. 〈오리 짧은 다리〉의 표현상 특징을 말해보자.

4. 〈북창이 맑다커늘〉, 〈어이 얼어 자리〉에 공통적으로 나오는 '찬비 맞았으니'의 의미를 말해보자.

5. 다음은 인터넷에 소개된 〈서방님 병들어 두고〉의 해설이다. 괄호 안에 알맞은 시어를 찾아 써보자.

병든 남편에게 화채를 만들어 주려고 자신의 (   )를 팔아 재료들을 샀는데, 돌아와서 보니 오화당을 빠뜨렸다고 한탄하는 것이다. 이러한 관찰을 통해 시정의 범상한 인물들에 대한 작자의 정겨운 시선을 느낄 수 있다. (   ) 하는 감탄사를 적절히 구사하여 여인의 당황하는 모습과 애틋한 마음씨를 해학적인 필치로 그린 점도 묘미가 있다.

6. 〈내게는 원수가 없어〉에서, 화자가 개와 닭을 원수라고 여기는 까닭을 말해 보자.

7. 〈나무도 바윗돌도 없는 뫼에〉를 읽고, 다음 표를 완성해 보자.

	표현상 특징	표현 방법
초장	까투리가 매에게 쫓기고 있는데, 나무와 바윗돌이 없어 숨을 곳도 없는 절망적인 상황이다.	
중장		
종장		

8. 〈바람도 쉬어 넘는 고개〉와 다음 노래에서, 사랑의 힘을 어떻게 말하는지 찾아보자.

당신의 눈을 바라보니 곤한 잠을 자고 난 연인들의
아침의 속삭임이 천둥처럼 울려 퍼져요
저는 당신에게 꼭 붙어서
당신의 움직임 하나하나를 느끼죠
따스하고 부드러운 당신의 목소리
당신은 저버릴 수 없는 사랑이에요

저는 당신의 여인이고 당신은 제 남자이니까요
당신이 저를 향할 때마다
제가 할 수 있는 모든 걸 해드릴게요
당신 품에 안긴 제가 느끼는 감정은 주체할 수가 없어요
바깥세상이 감당하기에 아무리 어려울지라도
당신과 함께라면 모든 어려움도 끝나버려요
제가 멀리 떨어져 있는 것처럼 보일 때가 있더라도
제가 어디 있는지 궁금해하지 말아요
저는 항상 당신 곁에 있으니까요
—셀린 디온 노래, 〈사랑의 힘〉에서

9. 〈어이 못 오던가〉를 읽고, 임이 왜 오지 못하는지 화자가 추측하는 내용을 풀어서 말해보자.

10. 〈창 내고자 창을 내고자〉의 화자가 가슴에 창을 내고 싶어 하는 까닭을 찾아보자.

11. 〈임이 오마 하거늘〉, 〈창밖이 어른어른하거늘〉을 읽고, 다음 표를 완성해 보자.

작품	임으로 착각한 것	화자의 정서
임이 오마 하거늘	주추리 삼대	
창밖이 어른어른하거늘		

12. 〈천세를 누리소서〉와 다음 작품의 공통점을 말해보자.

사각사각 가는 모래 벼랑에
구운 밤 닷 되를 심습니다
그 밤이 움이 돋아 싹이 나야만
유덕(有德)하신 임을 여의겠습니다

옥(玉)으로 연꽃을 새깁니다
바위 위에 접주(接柱)합니다
그 꽃이 세 묶음 피어야만
유덕(有德)하신 임을 여의겠습니다

무쇠로 황소를 만들어서
철수산(鐵樹山)에 놓습니다
그 소가 철초(鐵草)를 먹어야
유덕(有德)하신 임을 여의겠습니다
— 고려가요, 〈정석가〉에서

2장
이 몸이 죽어 죽어

이 장에는
'충절'을 노래하고 있는 작품을 담았습니다.
고려 후기에 나타난 시조는
고려의 멸망과 조선의 건국,
세조의 왕위 찬탈,
임진왜란과 병자호란을 거치면서
사내부들의 충절을 노래한 작품을 낳았습니다.
작품을 읽으면서
배경이 되는 사건을 함께 공부하면
작품을 더욱 깊이 이해할 수 있을 것입니다.

이런들 어떠하며
—이방원

이런들 어떠하며 저런들 어떠하리

만수산˚ 드렁칡˚이 얽어진들 그 어떠하리

우리도 이같이 얽어져 백 년까지 누리리라

• 만수산: 개성 송악산의 다른 이름.
• 드렁칡: 둔덕에 뻗어 있는 칡.

해설 ⋯⋯⋯⋯⋯⋯⋯⋯⋯⋯⋯⋯⋯⋯⋯⋯⋯⋯⋯⋯⋯⋯⋯⋯⋯⋯⋯⋯⋯

1392년 이성계가 사냥하다 말에서 떨어져 눕게 되자 정몽주는 이성계를 문병한다. 이때 이방원(후일 태종)이 정몽주의 마음을 떠보기 위해 이 시조를 지어 불렀다.

이렇게 살든 저렇게 살든 뭐 어떠한가, 그러니 칡덩굴처럼 어울려 함께 새로운 세상을 열어보자며 말이다. 상대방을 회유하려는 모습이 선하다. 이에 대한 대답이 다음의 시조이다.

이 몸이 죽어 죽어
—정몽주

이 몸이 죽어 죽어 일백 번 고쳐 죽어
백골이 진토* 되어 넋이라도 있고 없고
임 향한 일편단심*이야 가실 줄이 있으랴

* 진토(塵土): 티끌과 흙.
* 일편단심: '한 조각 붉은 마음'이라는 뜻으로, 진심에서 우러나오는 변치 않는 마음을 이르
  는 말.

해설

이방원이 정몽주에게 앞의 시조를 지어 마음을 떠보자, 정몽주는 이 시
조를 지어 자신의 고려 왕조에 대한 충절이 변할 수 없음을 단호하게 표
현했다. 죽어도 자신의 마음을 돌리지 않겠다는 의지이다.
이방원은 정몽주의 마음을 돌릴 수 없음을 알고 조영규를 보내 선죽교에
서 정몽주를 죽인다. 정몽주는 이 한 편의 시조와 목숨을 맞바꾼 것이다.

백설이 잦아진 골에
—이색

백설이 잦아진* 골에 구름이 머흘구나*
반가운 매화는 어느 곳에 피었는가
석양에 홀로 서서 갈 곳 몰라 하노라

* 잦아진: 점점 없어진.
* 머흘구나: 험하고 사납구나.

해설 ⋯⋯⋯⋯⋯⋯⋯⋯⋯⋯⋯⋯⋯⋯⋯⋯⋯⋯⋯⋯⋯⋯⋯⋯⋯⋯⋯⋯⋯⋯⋯⋯⋯⋯⋯⋯⋯⋯

화자가 섬기던 고려의 국운이 쇠퇴해 가는 것에 대한 안타까움이 나타난
다. 고려 왕조는 '백설'로, 이성계를 비롯해 새로운 왕조를 열려는 사람들
은 '구름'으로 그려진다.
화자는 기울어져 가는 고려 왕조를 다시 회복시킬 수 있는 사람들(매화)
을 간절히 기다린다. 그러나 그것은 화자의 바람일 뿐. 화자 역시 스러져
가는 고려를 끝내 회복시킬 수 없음을 알기에 석양에 홀로 서서 갈 곳 몰
라 하고 있는 것이다.

눈 맞아 휘어진 대를
— 원천석

눈 맞아 휘어진 대를 뉘라서 굽다턴고
굽을 절(節)이면 눈 속에 푸를쏘냐
아마도 세한고절*은 너뿐인가 하노라

● 세한고절: 추위에 굴하지 아니하고 외로이 지키는 절개.

해설 ··

눈을 맞은 대나무가 휘어지자 사람들은 절개를 굽혔다고 비난한다. 그러
나 화자는 굽힐 절개였다면 눈 속에 푸르겠냐고 대응한다. 고려가 망하
고 조선이 건국되었지만, 조선의 건국에 협조하지 않고 원주 지악산에
들어가 은둔하면서 절개를 지킨 화자의 모습이 대나무의 푸름을 통해 의
지적으로 그려진다.
"날이 추워진 다음에라야 소나무와 잣나무가 시들지 않음을 알 수 있다."
라는 공자의 말을 떠올리게 한다.

흥망이 유수하니
—원천석

흥망이 유수하니* 만월대*도 추초(秋草)로다
오백 년 왕업*이 목적*에 부쳤으니
석양에 지나는 객이 눈물겨워 하노라

---

* 유수(有數)하니: 운수가 있으니.
* 만월대: 개성 송악산 남쪽 기슭에 있는 고려 왕궁터.
* 왕업: 임금이 나라를 다스리는 대업.
* 목적(牧笛): 목동이 부는 피리.

해설 ···

'맥수지탄'이란 말이 있다. 상나라가 주나라에게 망한 뒤 기자가 옛 도읍에 가보니 보리만은 잘 자라는 것을 보고 한탄했다는 데서, 고국의 멸망을 한탄하는 말로 쓰인다.

화자의 경우도 마찬가지이다. 옛 고려의 궁궐터에 서보니 가을 풀만 무성하고, 목동의 피리 소리만 구슬프다. 멸망한 나라의 신하로 새 왕조의 개창에 참여하지 않고 외로이 충절을 지키는 쓸쓸함이 짙게 배어 있다.

오백 년 도읍지를
—길재

오백 년 도읍지를 필마°로 돌아드니
산천은 의구하되° 인걸°은 간데없다
어즈버 태평연월°이 꿈이런가 하노라

- 필마: 한 필의 말.
- 의구하되: 옛날 그대로 변함이 없지만.
- 인걸: 뛰어난 인재.
- 태평연월: 근심이나 걱정이 없는 편안한 세월.

해설 ·······

1390년, 작자는 장차 고려가 망할 것을 알고 늙은 어머니를 모신다는 핑계로 벼슬을 버리고 고향인 선산으로 돌아갔다. 조선이 건국되자 나라에서는 그를 불렀으나, 두 임금을 섬기지 않는다는 글을 올리고 관직을 받지 않았다.

이 작품은 이런 과정 속에서 지어졌다. 멸망한 나라의 도읍에 들러보니, 자연은 변함이 없지만 사람은 모두 떠나버렸다. 변함없는 자연과 변화무쌍한 인간사가 대비되어 인생무상을 드러낸다.

녹이상제 살찌게 먹여
―최영

녹이상제* 살찌게 먹여 시냇물에 씻겨 타고
용천 설악*을 들게 갈아 둘러메고
장부의 위국충절*을 세워볼까 하노라

* 녹이상제: 녹이와 상제는 모두 중국 주나라 목왕이 타던 준마로, 빠르고 좋은 말을 이른다.
* 용천, 설악: 용천은 중국 시평현에 있었던 샘으로, 칼을 벼리는 데 좋은 물로 유명하다. 설악은 번쩍이는 칼날.
* 위국충절: 나라를 위한 충성스러운 절개.

해설

최영은 고려 말 왜구를 토벌한 장수였으며 정치가였다. 명나라가 철령
이북을 요구하자 요동 정벌을 지휘했지만, 1388년 이성계가 위화도에서
회군함으로써 죽임을 당했다.
이 작품에는 평생을 왜구나 홍건적과 싸워 혁혁한 전공을 세운 무인으로
서의 기상이 드러나 있다.

삭풍은 나무 끝에 불고
—김종서

삭풍[*]은 나무 끝에 불고 명월은 눈 속에 찬데
만 리 변성[*]에 일장검 짚고 서서
긴파람[*] 큰 한 소리에 거칠 것이 없어라

• 삭풍: 겨울철에 북쪽에서 불어오는 찬 바람.
• 만 리 변성: 먼 변방의 국경에 있는 성.
• 긴파람: 길게 부는 휘파람.

해설 ....

1433년, 함길도 관찰사가 된 김종서는 7여 년간 북방에서 육진을 개척하
여 두만강을 국경선으로 확정하는 데 큰 공을 세웠다. 먼 변방, 차가운 바
람이 불고 밝은 달조차 눈 속에 차다. 큰 칼을 잡고 호령하니 거칠 것이
없다. 김종서는 문관이면서도 '대호(큰 호랑이)'라고 불릴 만큼 무인의 위
엄과 강직함을 가진 사람이었음을 이 작품은 잘 보여준다.

방 안에 켠 촛불
—이개

방 안에 켠 촛불 누구와 이별하였관데
겉으로 눈물지고 속 타는 줄 모르는가
우리도 저 촛불 같아서 속 타는 줄 모르노라

해설

스스로를 태워 어둠을 밝히는 촛불. 겉으로 눈물지으면서 속으로는 애가
탄다. 사실 이는 화자의 모습과도 같다. 그래서 '우리도 저 촛불 같아서'라
고 한 것이다. 이개는 사육신의 한 사람으로 단종에 대한 절의를 지켰다.

이 몸이 죽어 가서
—성삼문

이 몸이 죽어 가서 무엇이 될꼬 하니
봉래산˚ 제일봉에 낙락장송˚ 되어 있어
백설이 만건곤할˚ 제 독야청청 하리라

* 봉래산: 여름의 금강산을 이르는 말.
* 낙락장송: 가지가 길게 늘어진 키 큰 소나무.
* 만건곤할: 온 세상에 가득할.

해설 ··

1453년 계유정난으로 정권을 장악한 수양대군은 결국 조카를 몰아내고 왕위에 오른다. 이에 성삼문과 박팽년을 중심으로 단종이 복위를 도모하지만, 결국 일이 실패로 돌아가 죽음을 맞는다. '낙락장송'과 '독야청청'은 자신과 굳은 절개를, '백설'은 수양대군을 상징한다. 흰 눈이 내릴 때도 늘 푸른 소나무처럼, 죽어서도 절개를 지키겠노라는 강한 의지가 담겨 있다.

까마귀 눈비 맞아
—박팽년

까마귀 눈비 맞아 희는 듯 검노매라*
야광명월*이 밤인들 어두우랴
임 향한 일편단심이야 변할 줄이 있으랴

---

* 검노매라: 검구나. '-노매라'는 '-는구나'의 옛말 형태.
* 야광명월: 밤에 밝게 빛나는 달.

해설 ···

까마귀가 눈비를 맞아 희어진 듯하지만 결국 검다. 밤에 빛나는 밝은 달은 늘 변함없이 환하다. 작자가 사육신의 한 사람이라는 것을 염두에 두고 본다면, 일시 희어진다 하더라도 검은 본모습은 변하지 않는 까마귀는 수양대군을, 야광명월은 단종을 가리킨다고 볼 수 있다. 종장에서 작자는 붉은 마음을 통해 변하지 않는 굳은 절개를 다짐한다.

간밤에 불던 바람
—유응부

간밤에 불던 바람 눈서리 쳤단 말인가
낙락장송이 다 기울어 가노매라
하물며 못다 핀 꽃이야 일러 무엇 하리오

해설

유응부는 무인이면서 사육신의 한 사람이다. 1453년 단종 1년, 수양대군
은 단종을 보좌하던 영의정 황보인, 좌의정 김종서 등을 죽이고 정권을
장악한다. 역사에서는 이를 가리켜 계유정난이라 한다. 작품 속 '간밤에
불던 바람'은 바로 이 사건을 가리킨다. '낙락장송'은 황보인이나 김종서
같은 원로대신들을 가리키며, '못다 핀 꽃'은 단종을 지지하던 젊은 인재
들을 가리킨다고 볼 수 있다.

장검을 빼어 들고
—남이

장검을 빼어 들고 백두산에 올라보니
대명천지°에 성진°이 잠겼어라
언제나 남북 풍진°을 헤쳐볼까 하노라

• 대명천지: 아주 밝은 세상.
• 성진: '비린내가 나는 먼지'라는 뜻으로, 어지러운 세상을 이르는 말.
• 풍진: 전쟁.

해설

남이는 무인으로 이시애의 난을 토벌한 데 이어 서북변의 건주위(중국 명
나라 영락제 때 남만주의 건주 지역에 사는 여진족을 다스리기 위해 설치한 군영) 여
진을 토벌하여 공을 세웠다. 이 시는 이때 지어진 것으로, 무인으로서의
용맹한 기상이 잘 나타나 있다.

가노라 삼각산아
―김상헌

가노라 삼각산아 다시 보자 한강수야
고국산천을 떠나고자 하랴마는
시절이 하* 수상하니 올 둥 말 둥 하여라

* 하: 정도가 매우 심하거나 큼을 강조하여 이르는 말.

해설 ....

1636년 청나라가 침입한 병자호란 때 김상헌은 청나라와 화친을 반대하고 척화를 주장했다. 하지만 조선은 결국 청나라에 항복하고 신하의 예를 갖추기로 한다. 그러자 그는 벼슬에서 물러나 안동으로 은퇴했다. 1639년 청나라가 명나라를 공격하기 위해 조선에 출병을 요구하자 김상헌은 이에 반대하는 상소를 올린다. 그 결과 김상헌은 청나라로 끌려갔고, 6년이 지난 뒤에야 풀려나 귀국할 수 있었다. 이 작품은 그가 청나라에 압송될 때 지은 것이다. 삼각산과 한강수는 우리나라를 나타낸다. 고국에 대한 그의 뜨거운 사랑이 담겨 있다.

생각할 거리

1. 다음 작품들에서, 주제를 압축적으로 드러내는 시어를 하나씩 찾아보자.

작품	핵심어
이 몸이 죽어 죽어	
눈 맞아 휘어진 대를	
녹이상제 살찌게 먹여	
이 몸이 죽어 가서	
까마귀 눈비 맞아	

2. 〈백설이 잦아진 골에〉에서, 다음 시어가 함축하는 의미를 말해보자.

시어	함축하는 의미
백설	
구름	
매화	

3. 〈흥망이 유수하니〉를 읽고, 다음 물음에 답해보자.
   (1) 화자의 쓸쓸한 정서를 환기하는 시어를 3개 찾아보자.
   (2) 이 작품과 다음 작품은 고려의 멸망과 조선의 건국을 다른 관점으로
      보고 있다. 그 차이점을 말해보자.

선인교 내린 물이 자하동에 흘러들어
반천 년 왕업이 물소리뿐이로다
아이야 고국(故國) 흥망을 물어 무엇하리오
―정도전

4. 다음 구절의 뜻을 말해보자.

  (1) 산천은 의구하되 인걸은 간데없다 (길재)

  (2) 대명천지에 성진이 잠겼어라 (남이)

5. 〈방 안에 켠 촛불〉의 화자는 촛불과 자신을 어떤 점에서 동일시하는지 말해보자.

6. 〈가노라 삼각산아〉에서, 대유법으로 쓰인 시어를 찾고, 그 뜻을 말해보자.

대유법: 비유법의 하나로 한 낱말 대신에 다른 낱말을 사용하는 표현법이다. 일반적으로 대유법은 환유법과 제유법을 포괄하는 용어로 사용되고 있다. 예를 들어, '백악관에서 중대 정책을 고려 중이다.'라는 언어 표현에서 '백악관'이 '미국 대통령'을 대신 나타내는 것, '백의민족(白衣民族)의 소원은 통일'에서 '백의민족'이 '한민족'을 대신하는 것 등은 환유법이다. 또 '빵이 아니면 죽음을 달라.'에서 '빵'이 '식량'을 나타낸다든지, '펜은 칼보다 강하다.'에서 '칼'이 '무기, 무력'을 나타내는 것은 제유법의 예이다.

  ―《국어국문학 자료사전》에서

3장
산촌에 눈이 오니

이 장에서는
'강호한정'을 노래하는 작품을 담았습니다.
'강호(江湖)'는 자연을 가리키는 말이며,
'한정(閑情)'은 한가로운 정서를 나타내는 말입니다.
즉 자연을 벗하고,
자연 속에서 노니는 한가로움이 묻어 있습니다.
작품을 읽으면서
우리 조상들이 자연을 어떻게 받아들이고 느꼈는지
생각해 봅시다.

청산도 절로절로
―지은이 모름

청산도 절로절로 녹수도 절로절로
산 절로 수 절로 산수 간에 나도 절로
이 중에 절로 자란 몸이 늙기도 절로 하리라

이 작품에는 '절로'라는 단어가 아홉 번이나 쓰였다. '절로'를 한자로 쓰
면 '자연', 곧 '저절로 그러함'이다. 청산도 저절로 그러하고, 녹수도 저절
로 그러하고, 산수 간에 나도 저절로 그러하다. 그 가운데 저절로 자라났
으니 늙기도 저절로 하리라는 말이다.

일체의 유위를 넘어 자연에 따라 행하고 인위를 가하지 않는 무위를 지
향하는 태도가 드러나 있다.

말없는 청산이요
—성혼

말없는 청산이요 태* 없는 유수로다
값없는 청풍이요 임자 없는 명월이라
이 중에 병 없는 이 몸이 분별없이 늙으리라

* 태: 모양.

해설

《논어》에 "지혜로운 사람은 물을 좋아하고, 어진 사람은 산을 좋아한다."
라는 말이 있다. 두루 흘러 막힘이 없는 물, 의리를 편안히 여겨 움직이지
않는 산의 속성을 끌어와 삶을 통찰한 것이다.
중국 북송의 문인이었던 소식은 〈적벽부〉에서 "천지 사이의 사물에는 제
각기 주인이 있어, 나의 소유가 아니면 한 터럭이라도 가지지 말 것이나,
강 위의 맑은 바람과 산간의 밝은 달은 귀로 들으면 소리가 되고 눈에 뜨
이면 빛을 이루어서, 가져도 금할 이 없고 써도 다함이 없다."라고 말한
다. 특히 '없다'라는 단어를 여섯 번이나 써 '무욕'의 자연과 일체가 되고
자 하는 달관의 경지를 보여주고 있다.

십 년을 경영하여
―송순

십 년을 경영하여 초려삼간 지어내니
나 한 칸 달 한 칸에 청풍 한 칸 맡겨두고
강산은 들일 데 없으니 둘러두고 보리라

십 년을 꾸려 초가삼간을 마련했다. 내가 한 칸, 달빛 한 칸, 맑은 바람 한
칸을 들이니 저 멀리 강과 산은 들일 데가 없다. 사물과 마음이 구분 없이
하나의 근본으로 통합된 물심일여, 또는 외물과 자아가 어울려 하나가
된 물아일체의 모습을 그려냈다.

산촌에 눈이 오니
—신흠

산촌에 눈이 오니 들길이 묻혔구나
시비*를 열지 마라 날 찾을 이 뉘 있으리
밤중만 일편명월*이 긔 벗인가 하노라

- 시비: 사립문.
- 일편명월: 한 조각 밝은 달.

해설 ··

이 작품은 인목대비 폐모(왕이 왕대비를 그 자리에서 물러나게 함) 사건으로
작자가 춘천으로 유배되었을 때 시은 시조이다. 산촌의 겨울밤, 눈이 와
서 길조차 끊어졌다. 그러니 화자를 찾아올 사람이 누가 있으랴? 유배 당
시 화자의 고요하고 쓸쓸한 내면을 짐작하게 하는 대목이다. 자연을 벗
삼아 유배의 고통을 이겨내 보려는 화자의 의지가 드러난다.

강호사시가
―맹사성

강호°에 봄이 드니 미친 흥이 절로 난다
탁료 계변°에 금린어°가 안주로다
이 몸이 한가하옴도 역군은(亦君恩)이시다

강호에 여름이 드니 초당(草堂)에 일이 없다
유신(有信)한 강파(江波)는 보내느니 바람이다
이 몸이 서늘하옴도 역군은이시다

강호에 가을이 드니 고기마다 살져 있다
소정°에 그물 실어 흘려 띄워 던져두고
이 몸이 소일하옴도 역군은이시다

강호에 겨울이 드니 눈 깊이 자가 넘다
삿갓 빗겨 쓰고 누역°으로 옷을 삼아
이 몸이 춥지 아니하옴도 역군은이시다

- 강호: 속세를 떠난 시골이나 자연.
- 탁료, 계변: 탁료는 막걸리, 계변은 시냇가.
- 금린어: 쏘가리.
- 소정: 작은 배.
- 누역: 도롱이. 짚이나 띠로 엮어 걸치는 비옷.

해설

일흔셋에 좌의정에 오른 작자는 일흔여섯이 되자 벼슬에서 물러나 자연에 들어가 지냈다. 이 작품은 강호의 한가한 흥취를 계절에 따라 한 수씩 노래한 작품이다. 각 연의 마지막 구마다 '역군은이시다'를 반복하는 것으로 봄의 한가로움, 여름의 서늘함, 가을의 소일(어떠한 것에 재미를 붙여 심심하지 아니하게 세월을 보냄), 겨울의 춥지 아니함 등이 모두 임금의 은혜임을 노래한다. 자연 속에서 노니는 한가로운 정서와 임금에 대한 유교적 충의 사상이 잘 나타난다.

한송정 달 밝은 밤에
―홍장

한송정 달 밝은 밤에 경포에 물결 잔 제
유신한* 백구*는 오락가락 하건마는
어떠타 우리 왕손*은 가고 아니 오느니

* 유신한: 신의가 있는.
* 백구: 갈매기.
* 왕손: 임.

해설 ....

달 밝은 밤, 경포에 물결은 잔잔하다. 바다의 풍광과 어울려 한가로운 정
서를 나타내는 철새인 갈매기는 갔다가 다시 날아와 신의를 보여주는데,
어찌하여 우리 임은 한번 가고는 다시 돌아오지 않는가? 떠난 임에 대한
여인의 애틋한 그리움이 잘 나타나 있다.

두류산 양단수를
ㅡ조식

두류산 양단수*를 예 듣고 이제 보니

도화 뜬 맑은 물에 산영*조차 잠겼어라

아이야 무릉*이 어디요 나는 옌가 하노라

• 양단수: 두 갈래로 갈라져 흐르는 물줄기.
• 산영(山影): 산의 그림자.
• 무릉: 도연명의 〈도화원기〉에서 유래한 말로, 이상향을 이르는 말.

해설 ··

두류산은 지리산을 다르게 이르는 말이다. 조식이 제자를 기르던 산천재
는 대원사 계곡에서 흐르는 물과 덕산 쪽에서 흐르는 덕천강이 만나는
곳이었다. 두 갈래로 흐르던 물(양단수)이 만나는 곳에서 예순이 넘은 작
자는 학당을 짓고 학문에 전념했다.

조식의 학문은 경(敬)과 의(義)로 요약된다. 경으로 마음을 곧게 하고 의
로 단호하게 생활해 간다는 것이다. 그러한 학문 체계를 완성해 간 곳이
바로 지리산이다. 무릉(도원)은 단순한 은둔의 공간이 아니라 자신을 수
양하고 끊임없이 실천해 나가는 참여의 공간이다.

청량산 육륙봉을
—이황

청량산 육륙봉*을 아는 이 나와 백구
백구야 야단스러우랴 못 믿을손* 도화로다
도화야 떠나지 마렴 어부*가 알까 하노라

• 육륙봉: 서른여섯 봉우리.
• 믿을손: 믿을 것은. '-ㄹ손'은 '-ㄹ 것은'의 예스러운 말.
• 어부: 〈도화원기〉에서 무릉도원을 찾아간 사람. 여기서는 속세 사람을 가리킨다.

해설 ··

이황은 〈도산기〉에서 청량산을 두고 이렇게 말했다.
"제가 진실로 청량산에 자리 잡을 마음은 있었습니다. 그러나 청량산을
뒤로하고 도산을 먼저 한 것은, 도산이 산과 물을 함께 지니고 있어 늙고
병든 몸을 편안하게 할 수 있었기 때문입니다."
이를 보면 이황은 도산 못지않게 청량산에도 관심이 많았던 듯하다. 청
량산 서른여섯 봉우리를 아는 것은 자신과 흰 갈매기뿐. 혹시라도 복숭
아꽃이 흘러 이곳을 다른 사람들도 알까 염려한다. 세상과는 거리를 두
고 자연에 묻혀 지내던 만년의 모습이 담겨 있다.

재 너머 성 권농 집에
—정철

재 너머 성 권농* 집에 술 익었단 말 어제 듣고
누운 소 발로 박차* 언치* 놓아 눌러 타고
아이야 네 권농 계시냐 정 좌수* 왔다 하여라

- 성 권농: '권농'은 조선 시대 지방에서 농사를 장려하던 직책 또는 사람. 여기서는 성혼 (1535~1598)을 말한다.
- 박차: 발길로 냅다 차.
- 언치: 말이나 소의 안장이나 길마 밑에 깔아 그 등을 덮어주는 방석이나 담요.
- 정 좌수: 좌수는 조선 시대 지방 향청의 우두머리. 정 좌수는 정철 자신을 이름.

해설

술과 벗이 있으니 흥취가 일어나지 않을 수 없다. 그것을 '박차'라는 어휘에 집약적으로 나타냈다. 벗의 집에 가는 과정을 순우리말로 경쾌하게 묘사하고, 화자의 풍류와 농촌의 모습을 조화롭게 그렸다.

짚방석 내지 마라
—한호

짚방석 내지 마라 낙엽엔들 못 앉으랴
솔불 켜지 마라 어제 진 달 돋아 온다
아이야 박주산챌망정 없다 말고 내어라

해설
'짚방석', '솔불'은 '낙엽', '달'과 대응된다. 앞은 인위적인 것으로 뒤의 자
연적인 것과 대비를 이룬다. 맛이 변변하지 못한 술과 산나물을 이르는
'박주산채'에는 가난한 생활을 하면서도 편안한 마음으로 도를 지키는
안빈낙도의 모습이 들어 있다.

동창이 밝았느냐
―남구만

동창(東窓)이 밝았느냐 노고지리* 우지진다*
소 치는 아이는 상기* 아니 일었느냐*
재 너머 사래* 긴 밭을 언제 갈려 하느냐

* 노고지리: '종다리'의 옛말.
* 우지진다: 우짖는다. '우지지다'는 '우짖다'의 옛말.
* 상기: 아직.
* 일었느냐: 일어났느냐.
* 사래: 이랑.

해설 ···

아침이 밝고 종다리가 우짖는 평화롭고 생동감 넘치는 농촌의 봄 풍경
이 그려진다. 소를 치는 아이는 봄의 나른함에 늦잠을 자는 모양이다. '상
기'라는 시어에는 삶을 대하는 화자의 부지런한 태도가 담겨 있다. 부지
런한 삶을 권면하는 교훈적인 내용을 담고 있으면서도, 여유로운 화자의
태도를 통해 농촌의 아침 정경을 운치 있게 그려냈다.

한식 비 갠 날에
—김수장

한식 비 갠 날에 국화 움이 반가워라

꽃도 보려니와 일일신* 더 좋아라

풍상(風霜)이 섞어 치면 군자절*을 피운다

● 일일신: 날로 더욱 새로워짐.
● 군자절: 군자의 절개. 여기서는 국화를 이름.

해설 ....

한식(寒食)은 우리나라 명절의 하나로 동지(12월 22일이나 23일쯤)에서 105
일째 되는 날이다. 4월 5~6일쯤. 비가 개고 국화 움이 돋았다. 하루하루
자라는 모습이 대견하다. 그러다 가을이 되어 바람과 서리가 섞어 치면
군자의 절개와 같은 노란 꽃을 피운다. 계절의 변화와 함께 국화가 자라
피워낼 절개에 대한 믿음이 담겨 있다.

안빈을 싫게 여겨

—김천택

안빈*을 싫게 여겨 손 헤다* 물러가며
부귀를 부러워하여 손 치다 나아오랴
아마도 빈이무원*이 긔 옳은가 하노라

- 안빈: 가난을 편안히 여기는 마음. 여기서는 가난을 이름.
- 헤다: 어려운 상태에서 벗어나려고 애쓰다.
- 빈이무원: 가난하지만 원망하지 않음.

해설

가난이 싫어 손으로 헨다고 물러가지도 않으며, 부귀가 부러워 손으로 부른다고 오는 것도 아니다. 그러니 가난을 원망하기보다 받아들이는 것이 옳은 일 아닐까?

이덕무는《이목구심서》에서 이렇게 말했다.

"가장 뛰어난 사람은 가난을 편안히 여기고, 그다음 사람은 가난을 잊어버린다. 그다음 사람은 가난을 (부끄러워서) 감추고, 가난을 호소하다 가난에 짓눌리고 가난에 부림을 당한다. 가장 못한 사람은 가난을 원수처럼 여기다가 그 가난 속에서 죽어간다."

논밭 갈아 김매고
—지은이 모름

　논밭 갈아 김매고 베잠방이 대님 쳐 신들메고*

　낫 갈아 허리에 차고 도끼 벼려 둘러메고 무림 산중 들어가서 삭정이 마른 섶을 베거니 자르거니 지게에 짊어 지팡이 받쳐놓고 새암*을 찾아가서 점심 도시락 비우고 곰방대를 톡톡 털어 잎담배 피워 물고 콧노래 졸다가

　석양이 재 넘어갈 제 어깨를 추스르며 긴 소리 짧은 소리 하며 어이 갈까 하더라

• 신들메고: '신들메'란 신이 벗어지지 않도록 신을 발에다 동여매는 끈을 말한다. 여기서는 '신을 신고' 정도로 보면 되겠다. '신들메고'라고 표현한 것은 앞의 '김매고'와 대응시키기 위해서이다.
• 새암: 샘.

해설 ···

나무하는 농사꾼의 모습이 낙천적으로 그려진다. 논밭갈이와 김매기는 압축적으로 제시하고, 나무하는 일상이 자세하게 묘사되어 있다. 종장에 나타나는 긴 소리 짧은 소리에는 나무꾼의 흥겨움이 배어 있다.

생각할 거리

1. 〈말없는 청산이요〉에서, '없다'라는 시어를 여섯 번이나 쓴 화자의 의도가 무엇인지 추측해 보자.

2. 〈강호사시가〉를 다음처럼 정리해 보자.

계절	소재	화자의 태도	공통점
봄			
여름			
가을			
겨울			

3. 〈한송정 달 밝은 밤에〉에서 '왕손(임)'과 대비되는 것은 무엇이며, 어떤 점에서 대비되는지 말해보자.

4. 〈청량산 육륙봉을〉을 읽고, '백구'와 '도화'에 대한 화자의 태도를 말해보자.

5. 〈재 너머 성 권농 집에〉의 중장과 종장에서, 화자가 성 권농 집에 가는 과정을 생략함으로써 얻을 수 있는 효과를 말해보자.

6. 〈짚방석 내지 마라〉는 대비를 통해 화자의 태도를 효과적으로 드러내고 있다. 다음처럼 정리해 보자.

대비되는 시어	시어의 의미
짚방석 ⇔ ( )	
솔불 ⇔ ( )	

7. 〈한식 비 갠 날에〉는 시간의 흐름에 따라 시상을 전개해 나가고 있다. 다음처럼 시의 내용을 정리해 보자.

	중심 내용
초장	
중장	
종장	

8. 〈논밭 갈아 김매고〉에 나와 있는 내용을 통해, 농부의 하루를 시간의 흐름에 따라 정리해 보자.

4장
매암이 맵다 울고

이 장에는
'풍자와 해학'을 노래하는 작품을 담았습니다.
'풍자'는 대상을 부정적으로 바라보면서
비판하는 것을 말하고,
'해학'은 대상에 대한 긍정적 인식을 바탕으로
익살스럽게 표현하는 것을 말합니다.
이 장에는 우리 선조들이 현실을 어떻게 바라보고
또 현실의 억압에서 어떻게 벗어나고자 했는지가
잘 나타나 있습니다.

한 손에 가시 들고
—우탁

한 손에 가시 들고 또 한 손에 막대 들고
늙는 길 가시로 막고 오는 백발 막대로 치렸더니
백발이 제 먼저 알고 지름길로 오더라

해설

세월이 흐르는 것을 누가 막을 수 있을까? 그런데도 화자는 늙음을 가시
로 막고 막대로 때려 막고자 한다. 하지만 늙음은 봐주는 법이 없다. 늙음
은 이를 알고 외려 지름길로 와버린다. 참신한 발상이다. 늙음은 어쩔 수
없는 자연의 섭리라는 화자의 달관한 태도가 숨어 있다.

두꺼비 파리를 물고
―지은이 모름

두꺼비 파리를 물고 두엄 위에 치달아 앉아
　건넛산 바라보니 백송골°이 떠 있거늘 가슴이 끔쩍하여 풀떡
뛰어 내닫다가 두엄° 아래 자빠졌구나
　모쳐라 날랜 날샐망정 어혈° 질 뻔하였네

● 백송골: 매.
● 두엄: 풀, 짚 또는 가축의 배설물 따위를 썩힌 거름.
● 어혈: 타박상 따위로 살 속에 피가 맺힘.

해설

두꺼비가 파리를 잡아 물고 두엄 위에 올라가 막 식사를 하려는데, 건넛산을 바라보니 두꺼비 잡아먹는 매가 떠 있는 것 아닌가? 놀란 두꺼비가 두엄 아래로 내달아 도망치다 그만 자빠지고 말았다. 그래 놓고는, 날랜 자기였기에 그 정도로 다쳤다고 스스로 위안한다. 그러나 그것은 씁쓸한 자기변명이다.

한편으로는 두꺼비를 중심으로 파리와 백송골을 떠올려 보면, 화자는 약자에게는 강하고 강자에게는 약한 두꺼비의 모습을 통해 인간 사회를 풍자하고 있다고도 볼 수 있다.

꽃이 진다 하고
—송순

꽃이 진다 하고 새들아 슬퍼 마라
바람에 흩날리니 꽃의 탓 아니로다
가노라 희짓는* 봄을 새워* 무엇 하리오

● 희짓는: 방해가 되게 하는.
● 새워: 샘을 내.

해설 ···

을사사화는 인종이 재위 2년 만에 죽자 새로 즉위한 명종의 외숙인 윤원형이 인종의 외숙인 윤임 일파를 몰아내는 과정에서 윤임과 관계를 맺고 있던 사림이 크게 화를 입은 사건이다. 이 사화의 소용돌이 속에서 죽어가는 죄 없는 선비들을 보고 지은 것이 이 작품이다. 초장의 '지는 꽃'은 희생되는 선비를, 중장의 '바람'은 윤원형 일파를 가리킨다. 종장의 '봄을 새워 무엇 하리오'라는 구절에는 세상을 체념하는 화자의 태도가 담겨 있다.

엊그제 베인 솔이
— 김인후

엊그제 베인 솔이 낙락장송 아니런가
잠깐만 두었던들 동량재* 되리러니
어즈버 명당*이 기울면 어느 나무 버티리

* 동량재: 기둥과 들보로 쓸 만한 재목이라는 뜻으로, 한 집안이나 한 나라를 떠받치는 중대한 일을 맡을 만한 인재를 이르는 말.
* 명당: 어떤 일에 썩 좋은 자리.

해설 ··

명종 2년에 일어난 정미사화는 '벽서의 옥'이라고도 하는데, 명종의 어머니 문정왕후를 비난하던 글이 문제가 되어 일어난 사건이다. 이 사건으로 김인후와 친분이 두터웠던 임형수도 죽임을 당했다. '엊그제 베인 솔'은 바로 임형수를 일컫는다. 그는 총명하고 강직하여 낙락장송, 동량재가 될 인재였지만, 궁중의 세력 다툼에 희생되고 말았다. 작자는 친구의 죽음을 슬퍼하며 이 시를 지은 것으로 보인다.

풍파에 놀란 사공
―장만

풍파에 놀란 사공 배 팔아 말을 사니
구절양장*이 물보다 어려워라
이후론 배도 말도 말고 밭 갈기만 하리라

* 구절양장: 아홉 번 꼬부라진 양의 창자라는 뜻으로, 꼬불꼬불하며 험한 산길을 이르는 말.

해설 ··

세찬 바람과 험한 물결에 놀란 사공이 배를 팔아버리고 말을 샀다. 그러나 웬걸. 험한 산길은 지독히도 꼬불꼬불해 물길보다도 지나기가 어렵다. 그래서 결국 배도 말도 모두 버리고 농사나 짓겠다는 것이다. '풍파'나 '구절양장'은 모두 세상살이의 어려움을 뜻하는 말이지만, 여기서는 특히 벼슬살이의 어려움을 나타낸다.

검으면 희다 하고
—김수장

검으면 희다 하고 희면 검다 하네
검거나 희거나 옳다 할 이 전혀 없다
차라리 귀 막고 눈 감아 듣도 보도 말리라

해설 ··

검지 않으면 희다고 하고, 희지 않으면 검다고 단정한다. 검은 쪽에서 보면 흰 것은 그르고, 흰 쪽에서 보면 검은 것은 그르다. 이는 논리학에서 말하듯 흑백논리의 오류를 범한 것이지만, 오늘날 우리 주변에서도 쉽게 볼 수 있는 모습이다. 화자가 귀 막고 눈 감아 듣지도 보지도 않겠다는 것은 이와 같은 논리 모순에 대한 부정이다.

머귀 열매 동실동실
—김수장

머귀 열매 동실동실* 보리 뿌리 매끈매끈*
묵은 풋나무* 동과 쓰던 숫섬*이요 어린 노송* 작은 대추로다
구월산 중에 춘초록이요 오경루 하에 석양홍인가 하노라

* 동실동실: '머귀'는 오동의 옛말. '머귀 동(桐), 열매 실(實)'이라는 한자음을 이용해 표현한 언어유희.
* 매끈매끈: '보리 맥(麥), 뿌리 근(根)'이라는 한자음을 이용해 표현한 언어유희.
* 묵은 풋나무: '풋나무'에서 접두사 '풋-'은 '처음 나온'이란 뜻으로, '묵은'이 꾸며서 모순되게 표현함.
* 숫섬: 수세미. 접두사 '숫-'은 '더럽혀지지 않아 깨끗한'이란 뜻인데, '쓰던'이라는 말로 꾸며 모순됨.
* 어린 노송(老松): '어린'과 '늙을 노(老)'가 모순됨.

해설 ·····

이 작품에는 다양한 언어유희가 나타나 있다. 그것을 발견하는 것이 이 작품을 읽는 재미이다. 언어유희는 언어를 더욱 섬세하게 관찰할 것을 요구하고, 따라서 언어에 대한 깊은 눈을 필요로 한다는 점에서는 긍정적이다. 하지만 지나치게 쓰다 보면 자칫 말장난으로만 느껴질 수도 있다.

매암이 맵다 울고
—이정신

매암*이 맵다 울고 쓰르라미 쓰다 우니
산채를 맵다는가 박주*를 쓰다는가
우리는 초야*에 묻혔으니 맵고 쓴 줄 몰라라

● 매암: 매미.
● 박주: 맛이 좋지 못한 술.
● 초야: 시골.

해설 ·········

매미가 맵다 울고, 쓰르라미가 쓰다고 운다. 이는 각 단어의 첫 글자의 음의 유사성을 이용해 재미를 준 표현으로 언어유희이다. 화자는 초야에 묻혀 살아가니 맵고 쓴 줄 모르겠다고 한다. 가난하면서도 편안한 마음으로 살아가는 안빈낙도의 모습이 그려져 있다.

개야미 불개야미
—지은이 모름

개야미* 불개야미 잔등 부러진 불개야미
앞발에 정종* 나고 뒷발에 종기 난 불개야미 광릉 샘재 넘어
들어 갈범* 허리를 가로 물어 추켜들고 북해를 건넜단 말이 있습
니다
임아 임아 온 놈이 온 말을 하여도 임이 짐작하소서

- 개야미: '개미'의 옛말.
- 정종: 부스럼.
- 갈범: 칡범. 몸에 어룽어룽한 줄무늬가 있는 범.

해설 ··

삼인성호(三人成虎). 세 사람이 짜면 거리에 범이 나왔다는 거짓말도 꾸
밀 수 있다는 뜻으로, 근거 없는 말이라도 여러 사람이 말하면 곧이듣게
됨을 이르는 말이다.
병든 개미가 호랑이를 물고 바다를 건넜다고 말한다면 어느 누가 믿겠는
가? 그처럼, 화자도 결백하니 모든 사람이 화자에 대해 어떤 말을 하더라
도 믿지 말고 잘 헤아려 받아들이라는 말이다. 다른 사람의 말은 근거 없
는 모함이라는 이야기를 과장된 표현을 통해 재미있게 그려냈다.

대천 바다 한가운데
―지은이 모름

대천 바다 한가운데 중침 세침 빠졌다
여남은 사공 놈이 끝 무딘 상앗대°를 끝끝이 둘러메고 일시에
소리치고 귀 꿰어 냈단 말이 있습니다
임아 임아 온 놈이 온 말을 하여도 임이 짐작하소서

● 상앗대: 배질을 할 때 쓰는 긴 막대.

해설

어떤 사람이 배를 타고 가다가 너른 바다 한가운데서 바늘을 잃어버렸
다. 그러자 사공이 끝이 뭉툭한 상앗대로 바늘귀를 꿰어 건져 올렸다고
한다.
자, 이 말을 누가 믿겠는가? 그렇지만 앞에서 말한 것처럼, 세 사람만 입
을 맞추면 거리에 범이 나왔다는 말도 그럴듯하게 꾸밀 수 있는 법이다.
그처럼 모든 사람이 온갖 말로 자기를 헐뜯더라도 임이 잘 헤아려 보라
는 말이다.

중놈은 승년의 머리털 잡고
— 지은이 모름

중놈은 승년*의 머리털 잡고 승년은 중놈의 상투 쥐고
　두 끝을 맞맺고 이 왼고 저 왼고* 짝짜꿍이 맞는데* 뭇 소경이
굿을 보니*
　어디서 귀먹은 벙어리는 외다 옳다 하나니

---

* 승년: 비구니.
* 이 왼고 저 왼고: '이것이 잘못이다, 저것이 잘못이다' 하는 말.
* 짝짜꿍이 맞는데: 말이나 행동에서 서로 짝이 잘 맞는다는 말. 여기서는 '옥신각신하다'라
　는 뜻.
* 굿을 보니: 남의 일에 참견하지 않고 보기만 하니.

해설

이 작품에 나타나는 행위는 다음 다섯 가지이다.
① 스님이 비구니의 머리털을 잡았다. ② 비구니가 스님의 상투를 쥐었
다. ③ 스님과 비구니가 머리털과 상투를 맞맺고 옥신각신한다. ④ 여러
소경이 굿을 본다. ⑤ 벙어리가 누가 옳으니 누가 그르니 하고 말한다.
생각해 보면, ①부터 ⑤까지의 모든 진술은 모순적이다. 흔히 쓰는 "문 닫
고 들어와."라는 말이나 "꼼짝 말고 손들어!" 하는 표현처럼 말이다.

1. 〈한 손에 가시 들고〉에서, 늙음을 대하는 화자의 태도를 말해보자.

2. 〈꽃이 진다 하고〉에서 화자가 '바람'을 대하는 태도를 다음 시와 비교해서 말해보자.

> 꽃이 지기로소니 / 바람을 탓하랴.
> 주렴 밖에 성긴 별이 / 하나 둘 스러지고
> 귀촉도 울음 뒤에 / 머언 산이 다가서다.
> 촛불을 꺼야 하리 / 꽃이 지는데
> 꽃 지는 그림자 / 뜰에 어리어
> 하이얀 미닫이가 / 우련* 붉어라.
> 묻혀서 사는 이의 / 고운 마음을
> 아는 이 있을까 / 저허하노니*
> 꽃이 지는 아침은 / 울고 싶어라.
> ─조지훈, 〈낙화〉

● 우련: 보일 듯 말 듯 은은하게.
● 저허하노니: 두려워하노니, 근심하노니.

3. 〈검으면 희다 하고〉를 참고하여 다음 문장에서 오류를 설명해 보자.

> · 신의 존재를 믿지 않는다고요? 그럼 당신은 무신론자군요.
> · 나를 사랑하지 않는다고요? 당신이 나를 미워하는 것을 이제야 알다니!
> · 이 제안에 찬성하지 않는다고? 나는 자네가 반대할 줄 몰랐네.
> ─김광수, 《논리와 비판적 사고》에서

4. ⟨머귀 열매 동실동실⟩ 중장과 종장의 다음 구절에 나타난 언어유희를 설명해 보자.

　·작은 대추〔大棗(대조, 대추나무 열매)〕
　·구월산(九月山) 중에 춘초록(春草綠)이요
　·오경루(五更樓) 하에 석양홍(夕陽紅)

5. ⟨매암이 맵다 울고⟩의 초장에는 단어의 첫 글자의 유사성을 이용해 재미를 준 표현이 들어 있다. 다음 시에서 이와 같은 효과를 고려한 부분을 찾아보자.

　옛것이라곤 찾아볼 길 없는 / 성탄제 가까운 도시에는
　이제 반가운 그 옛날의 것이 내리는데,

　서러운 서른 살 나의 이마에
　불현듯 아버지의 서느런 옷자락을 느끼는 것은,

　눈 속에 따 오신 산수유 붉은 알알이
　아직도 내 혈액 속에 녹아 흐르는 까닭일까?
　―김종길, ⟨성탄제⟩에서

6. ⟨개야미 불개야미⟩, ⟨대천 바다 한가운데⟩를 읽고, 다음 물음에 답해보자.
　(1) 두 작품에 그려진 상황을 묘사해 보자.
　(2) 두 작품에 나타난 미의식을 말해보자.

7. ⟨중놈은 승년의 머리털 잡고⟩를 참고하여, 모순되는 표현을 만들어보자.

5장
동기로 세 몸 되어

이 장에는
'교훈'을 노래하는 작품을 담았습니다.
사람이 살아가고 사회나 국가의 유지를 위해
필요한 것을 배우는 일을 '사회화'라고 합니다
'나'라는 개체는 개인을 넘어서서
사회나 국가의 한 구성원으로 이 세상에 존재합니다.
사회 속에서 공동체의 일원으로 살아가는 데
도움이 되는 내용을 담은 작품들을 만나봅시다.

까마귀 싸우는 골에
—정몽주 어머니

까마귀 싸우는 골에 백로야 가지 마라
성낸 까마귀 흰빛을 새울세라*
청강(淸江)에 맑게 씻은 몸을 더럽힐까 하노라

* 새울세라: 샘낼까 두렵구나. '새우다'는 '샘을 내다'는 뜻. 'ㄹ세라'는 그러할까 염려하는 뜻을 나타내는 종결어미.

해설 ....

'이전투구(泥田鬪狗)'라는 말이 있다. 진흙탕에서 싸우는 개로, 자기의 이익을 위해 비열하게 다투는 것을 일컫는다. 이 시조에서 '까마귀'는 소인을, '백로'는 군자를 상징한다. 화자는 소인이 모인 곳에 군자가 가까이하는 것을 경계한다. 자칫 소인들이 군자의 덕을 시샘할까, 군자가 소인과 어울리다 맑은 몸을 더럽힐까 두렵기 때문이다.

까마귀 검다 하고
— 이직

까마귀 검다 하고 백로야 웃지 마라
겉이 검은들 속조차 검을쏘냐
아마도 겉 희고 속 검을손* 너뿐인가 하노라

* 검을손: 검은 것은. 'ㄹ손'은 'ㄹ 것은'의 옛말.

해설

1377년 우왕 3년에 과거에 급제한 이직은 조선을 세우는 데 참여한 공으로 3등 개국공신이 되었다. 이에 대해 사람들은 두 임금을 섬긴다며 그를 비난했다. 이직은 그 주장에 반박하기 위해 이 시조를 지어 자신을 정당화하고자 했다.

'까마귀'는 조선 개국에 참여한 작자 자신이며, '백로'는 조선의 개국에 반대하며 충절을 지킨다고 하던 고려의 유신들이다. 이직은 자신을 변호하면서, 그들의 행동이 오히려 겉 다르고 속 다르다고 비판하는 것이다.

뉘라서 까마귀를

―박효관

뉘라서 까마귀를 검고 흉타 하였던고
반포* 보은이 긔 아니 아름다운가
사람이 저 새만 못함을 못내 슬퍼하노라

* 반포: 까마귀 새끼가 자라서 늙은 어미에게 먹이를 물어다 주는 일. 자식이 커서 부모를 봉
양하는 일.

해설 ··

우리 주변에서 흔히 볼 수 있는 까마귀는 신의 뜻을 전달하는 새일 뿐만
아니라 죽음을 암시하는 불길한 징조로도 여겨져 왔다.
이 작품에서 까마귀는 긍정적으로 그려진다. 까마귀를 '반포조'라고 하
는데, 까마귀가 자라면 늙은 어미 새에게 먹을 것을 물어다 주기 때문이
다. 종장에서 화자는 사람이 까마귀만도 못한 현실을 비판적으로 그려내
고 있다.

태산이 높다 하되
—양사언

태산이 높다 하되 하늘 아래 뫼이로다
오르고 또 오르면 못 오를 리 없건마는
사람이 제 아니 오르고 뫼만 높다 하더라

해설 ··

높이 1545m의 태산은 중국의 이름난 다섯 산 가운데 으뜸으로, 예로부터 중국인들이 신성시했다. 작자는 그 태산이 아무리 높다 하여도 하늘 아래 있어 사람이 오르고자 한다면 오르지 못할 까닭이 없다고 한다. 그러나 사람들은 오르지 않고 지레 포기하면서 산이 너무 높아 오르기가 어렵다고들 한다.

'티끌 모아 태산'이라는 속담에서도 태산이 등장한다. 아무리 작은 것이라도 모이고 모이면 나중에 큰 덩어리가 됨을 비유적으로 이르는 말이다. '우공이산'이란 말도 있다. 《열자》에 나오는 이야기로, 어떤 일이든 끊임없이 노력하면 반드시 이룬다는 말이다.

오우가

—윤선도

내 벗이 몇이냐 하니 수석(水石)과 송죽(松竹)이라
동산(東山)에 달 오르니 그 더욱 반갑고야
두어라 이 다섯 밖에 또 더하여 무엇 하리

구름 빛이 맑다 하나 검기를 자주 한다
바람 소리 맑다 하나 그칠 적이 많구나
맑고도 그칠 때 없기는 물뿐인가 하노라

꽃은 무슨 일로 피면서 수이 지고
풀은 어이하여 푸르는 듯 누르나니
아마도 변치 아닐손 바위뿐인가 하노라

더우면 꽃 피고 추우면 잎 지거늘
솔아 너는 어찌 눈서리를 모르느냐
구천(九泉)*에 뿌리 곧은 줄을 글로 하여 아노라

나무도 아닌 것이 풀도 아닌 것이
곧기는 뉘 시키며 속은 어이 비었느냐

저렇게 사시(四時)에 푸르니 그를 좋아하노라

작은 것이 높이 떠서 만물을 다 비추니
밤중에 광명이 너만 한 이 또 있느냐
보고도 말 아니 하니 내 벗인가 하노라

● 구천: 땅속 깊은 밑바닥.

해설 ···

〈산중신곡〉의 마지막 일곱 번째 작품으로, 작자의 다섯 벗을 노래하고 있
다. 서사에 해당하는 첫 수에 물, 돌, 소나무, 대나무, 달이 제시되어 있다.
둘째 수에서는 구름, 바람과 대비되어 맑고도 그치지 않는 물의 덕성을,
셋째 수에서는 꽃, 풀과 대비되어 변치 않는 바위의 덕성을, 넷째 수에서
는 사철 내내 잎이 푸른 상록수로 눈서리를 이겨내는 소나무의 덕성을,
다섯째 수에서는 사군자의 하나로 사철 푸른 대나무의 덕성을, 마지막
수에서는 말없이 어둠을 밝히는 달의 덕성을 예찬하고 있다. 이만하면
벗으로 족하지 않을까?

반중 조홍감이
—박인로

반중 조홍감이 고와도 보이는구나
유자가 아니라도 품음 직도 하다마는
품어 가 반길 이 없을새 그로 설워하노라

해설 ....

작자가 한음 이덕형을 찾아갔을 때, 한음이 소반에 일찍 익은 홍시를 담아 대접했다. 옛날 육적이 대접받은 귤을 품어 집에 계시는 부모님께 드리려 했다는 고사 '육적회귤'처럼, 작자는 귀한 홍시를 보자 문득 돌아가신 부모님이 떠오른다. 육적은 부모님이 계셨지만, 지금 화자에겐 품어 가도 드릴 부모님이 계시지 않는다. 풍수지탄. 나무는 고요하고자 하나 바람이 그치지 아니하고, 자식이 어버이를 봉양하고자 하나 어버이는 기다리시지 아니함을 뜻하는 말이다.

동기로 세 몸 되어
—박인로

동기*로 세 몸 되어 한 몸같이 지내다가
두 아운 어디 가서 돌아올 줄 모르는고
날마다 석양 문외에 한숨 겨워 하노라

* 동기(同氣): 형제자매.

해설

세 형제가 한 사람처럼 친하게 지내다가 두 아우는 어디 갔는지 소식이
없다. 화자는 날마다 저물녘 문밖에 서서 돌아올 아우를 기다린다.
이 시는 스물다섯 수의 〈오륜가〉 중 '형제유애'라는 작은 제목에 딸린 시
편이다. 제목 그대로 형제간의 우애와 그리움을 절절히 담아냈다.

국화야 너는 어이

―이정보

국화야 너는 어이 삼월 춘풍 다 지내고
낙목한천°에 너 홀로 피었느냐
아마도 오상고절°은 너뿐인가 하노라

• 낙목한천: 나뭇잎이 다 떨어진 겨울. 여기서는 가을.
• 오상고절: 서릿발 속에서도 굴하지 아니하고 외로이 지키는 절개라는 뜻으로, '국화'를 이르는 말.

해설 ·······

국화는 매화, 난초, 대나무와 함께 사군자로 불린다. 국화는 꽃들이 다투어 피는 봄과 여름을 마다하고 날이 차가운 가을에 서리를 맞으면서 홀로 핀다. 이러한 국화의 모습은 은둔하는 선비의 고고한 기품과 절개를 연상시킨다. 나뭇잎이 다 떨어지는 늦가을은 국화가 이겨내야 하는 험난한 상황이지만, 오히려 그 어려움을 이기고 꽃을 피운다. 국화는 원칙과 신념을 굽히지 아니하고 끝까지 지켜나가는 꿋꿋한 의지나 기개를 가르쳐준다.

1. 〈까마귀 싸우는 골에〉, 〈까마귀 검다 하고〉, 〈뉘라서 까마귀를〉 세 편에 나타나는 까마귀의 의미를 말해보자.

	까마귀의 의미
까마귀 싸우는 골에	
까마귀 검다 하고	
뉘라서 까마귀를	

2. 다음 글을 참고하여 〈태산이 높다 하되〉의 주제를 말해보자.

공자가 말했다.
"비유하자면, 흙을 쌓아 산을 만들다가 흙 한 삼태기가 모자라는 데서 그만두었다면 내가 그만둔 것이다. 만약 땅을 고르는 데 비록 흙 한 삼태기를 부어 진전되었다면 내가 나아간 것이다."

3. 〈오우가〉에서 다섯 벗을 찾고, 그 벗의 덕성을 말해보자.

	벗	벗의 덕성
제2수		
제3수		
제4수		
제5수		
제6수		

계랑(1513~1550) 전북 부안의 기생. 본명은 이향금이며, 호는 매창·계랑. 시조 및 한시 70여 수가 전하고 있다.

권필(1569~1612) 조선 중기의 문인. 호는 석주. 정철의 문인(문하에서 배우는 제자)으로, 성격이 자유분방하고 구속받기 싫어하여 벼슬하지 않고 야인으로 일생을 마쳤다. 임숙영이 광해군의 뜻을 거스른 탓에 삭과(과거를 볼 때에, 규칙을 위반한 사람의 급제를 취소하던 일)된 사실을 듣고 분함을 참지 못해 〈궁류시(宮柳詩)〉를 지어서 풍자했다. 광해군이 노하여 시의 출처를 찾다가 그를 옥사에 연좌시켜 귀양 보냈다. 동대문 밖에서 행인들이 동정으로 주는 술을 폭음하여 죽었다.

길재(1353~1419) 고려 말, 조선 초의 학자. 호는 야은. 고려 말에 나라가 장차 망할 것을 알고서 늙은 어머니를 모셔야 한다는 핑계로 벼슬을 버리고 고향인 선산으로 돌아가 후학의 교육에 힘썼다. 그의 문하에서 김숙자 등 많은 학자가 배출되어 김종직, 김굉필, 정여창, 조광조로 그 학통이 이어졌다.

김구(1488~1534) 조선 중기의 학자. 자는 대유, 호는 자암. 사림파였던 탓에 1519년 훈구 세력이 일으킨 기묘사화로 유배되었다가 고향인 예산으로 돌아와 죽었다.

김려(1766~1822) 호는 담정. 패사 소품체(옛 사상이나 문체에서 벗어나 현실의 다양한 면모와 각양각색의 인물군상을 생동감 있게 담은 새로운 문체)의 문장을 익혔고, 이옥 등과 교류하면서 소품체 문장의 대표적 인물로 주목받았다. 1797년에 강이천의 비어 사건(근거 없이 떠도는 말이 원인이 돼 일어난 일)에 연루된 탓에 부령으로 유배되었다. 유배지에서 가난한 농어민과 친밀하게 지내고 관기인 연희와 어울리며 그들의 처지를 이해하고 그들을 위한 시를 지어 화를 입었다. 저서로《담정유고》가 있다.

김병연(1807~1863) 조선 후기의 방랑 시인. 별호는 김삿갓 또는 김립. 평안도 선천의 부사였던 할아버지 김익순이 홍경래의 난 때에 투항한 사실을 모르고 향시에 응시하여 김익순을 조롱하는 시로 장원 급제했다. 그러나 어머니에게서 자신의 내력을 듣고는 조상을 욕되게 한 일을 자책하며 삿갓을 쓰고 전국을 방랑했다. 그의 한시는 파격적인 양식 속에 풍자와 해학을 담아내고 있다.

김상헌(1570~1652) 본관은 안동, 호는 청음. 1636년 병자호란이 일어나자 예조판서로 주화론(청나라와 화해를 도모해 전쟁을 끝내자는 주장)을 배척하고 끝까지 주전론(청나라에 끝까지 맞서 싸우자는 주장)을 펴다가 인조가 항복하자 안동으로 은퇴했다. 1639년 청나라가 명나라를 공격하기 위해 요구한 출병에 반대하는 소를 올렸다가 청나라에 압송되어 6년 후 풀려 귀국했다.

김수녕(1436~1473) 조선 전기의 문신. 호는 소양당.《세조실록》,《예종실록》의 편찬에 참여했고, 양성지, 서거정 등과 함께《동국통감》을 편찬했다.

김수장(1690~?) 김천택과 더불어 숙종, 영조 시대를 대표하는 가인. 조선 시대 3대 시조집의 하나인《해동가요》를 편찬했다. 1760년(영조 36)에 서울 화개동에 노가재를 짓고 가악 활동을 주도해 나감으로써 '노가재 가단'을 이끌었다. 현재 그의 작품으로 시조 120여 수가 전한다.

김육(1580~1658) 조선 후기의 문신이자 제도 개혁을 추진한 정치가. 효종 때 우의정으로 대동법의 확장 시행에 적극적으로 노력했다.

김인후(1510~1560) 전라남도 장성 출신으로, 호는 하서. 1545년(인종 1) 인종이 죽고 곧이어 을사사화가 일어나자 병을 이유로 고향인 장성에 돌아가 성리학 연구에 전념했다.

김종서(1383~1453) 조선 전기의 문신. 호는 절재. 1443년 12월 함길도 관찰사가 되어 육진(조선 세종 때 여진족에 대비해 두만강 하류에 설치한 국방상의 요충지)을 개척해 두만강을 국경선으로 확정하는 데 큰 공로를 세웠다. 또 문관으로《고려사》,《고려사절요》를 편찬하기도 했다. 수양대군이 일으킨 계유정난 때 죽임을 당했다.

김종직(1431~1492) 조선 전기의 문신이자 학자. 호는 점필재. 아버지는 길재의 학통을 이은 김숙자로, 김종직을 거쳐 김굉필, 조광조로 이어지는 도학 정통의 중추적 역할을 했다. 생전에 지은 〈조의제문〉(수양대군의 왕위 찬탈을 비난한 글)은 무오사화가 일어나는 원인이 되었다.

김창협(1651~1708) 조선 후기의 문신이자 학자. 호는 농암. 증조부는 좌의정 김상헌이고, 아버지는 영의정 김수항이며, 형은 영의정 김창집이다. 학문적으로는 이황과 이이의 설을 절충했다. 문장은 단아하고 순수하여 구양수의 정수를 얻었으며, 시는 두보의 영향을 받았지만 그대로 모방하지 않고 고상한 시풍을 이루었다. 문장에 능하고 글씨를 잘 썼다. 문집에《농암집》이 있고, 시호는 문간이다.

김천택(?~?) 조선 후기의 시조 작가이자 가객. 1728년(영조 4)에 고시조집《청구영언》을 편찬했다.

남구만(1629~1711) 조선 후기의 문신. 호는 약천. 소론의 영수로 영의정을 지냈고, 1701년 희빈 장씨의 처벌에 대해 노론의 주장에 맞서다 사직했다. 정치, 경제, 형정, 의례 등 국정 전반에 걸쳐 경륜을 폈으며 문장이 뛰어났다.

남이(1441~1468) 태종의 외증손으로 1467년 이시애의 난을 진압해 이름을 떨치고, 1468년 스물여덟 살에 병조판서가 되었다. 이후 병조참지 유자광이 남이의 역모를 고발해 죽임을 당했다.

남효온(1454~1492) 김종직의 문인으로 생육신의 한 사람. 호는 추강. 김종직이 이름을 부르지 않고 반드시 '우리 추강'이라 했을 만큼 존중했다. 1478년(성종 9) 스물다섯 살 때 상소를 올려 문종의 비 현덕왕후의 소릉을 복위할 것을 주장했다. 이 일로 훈구파들로부터 미움을 받게 되었고, 세상 사람들도 그를 미친 선비라고 했다. 또 박팽년, 성삼문, 하위지, 이개, 유성원, 유응부가 단종을 위해 절개를 지킨 사실을 기록해 〈육신전〉이라 했다. 1504년 갑자사화 때 부관참시를 당했다. 문집으로 《추강집》이 있고, 시호는 문정이다.

능운(?~?) 조선 후기의 기생. 이름 능운은 《사기》 〈사마상여전〉에 나오는 말로, 구름까지 올라감을 뜻한다. 지향하는 바가 고매함을 보여주는 말이다.

맹사성(1360~1438) 고려 말에서 조선 초의 문신. 호는 고불. 1432년 좌의정에 오르고, 1435년 나이가 많아서 벼슬을 사양하고 물러났다. 사람됨이 소탈하고 조용하며 청렴했다.

박문욱(?~?) 조선 후기 영조 때 서리 출신의 시조 작가. 김수장이 이끌던 '노가재 가단'에서 활동했다.

박인로(1561~1642) 조선 중기의 문인. 호는 노계. 임진왜란 때는 무인으로도 활약했다. 그의 후반기는 문인으로서 본격적으로 활약한 시기였는데, 작품으로 가사 9편, 시조 68수가 전한다.

박지원(1737~1805) 호는 연암. 학문이 뛰어났으나 1765년 과거에서 뜻을 이루지 못한 이래로 과거를 보지 않고 학문과 저술에 힘썼다. 홍국영이 세도를 잡아 생명의 위협을 느끼고 황해도 연암협에 은거해 호가 연암이 되었다. 1780년(정조 4) 삼종형 박명원이 정사로 북경으로 가자 수행(1780년 6월 25일 출발, 10월 27일 귀국)하고 돌아와《열하일기》를 썼다. 이 글에서 이용후생을 강조하고 청나라의 앞선 문물과 제도를 받아들여 조선을 개혁하고자 했다. 그의 주장은 수용되지 않았지만 위정자와 지식인에게 강한 자극제가 되었다. 문집으로《연암집》이 있다.

박팽년(1417~1456) 조선 전기의 문신. 단종 복위를 꾀하다 죽임을 당했다. 성삼문, 하위지, 이개, 유성원, 유응부와 함께 사육신으로 일컬어진다.

박효관(?~?) 조선 고종 때의 가객. 1876년(고종 13) 제자 안민영과 함께《가곡원류》를 편찬했다.

백광훈(1537~1582) 조선 중기의 시인. 호는 옥봉. 당시 대립하던 송시와 당시 사이에서 송시의 풍조를 버리고 당시의 시풍을 따랐다. 최경창, 이달과 함께 '삼당시인'이라 불린다.

성삼문(1418~1456) 조선 초기의 문신. 호는 매죽헌. 사육신의 한 사람이다. 1447년에 문과에 장원으로 급제했으며, 집현전 학사로 뽑혀 세종의 총애를 받았다. 세종이 훈민정음을 만들 때 정인지, 최항, 박팽년, 신숙주, 이개 등과 함께 참여했다. 단종 복위 운동을 주도하다가 아버지, 동생들, 아들들까지 모두 죽임을 당했다.

성석린(1338~1423) 고려 말 조선 초의 문신. 호는 독곡. 제1차 왕자의 난이 있은 뒤 태조가 함흥에 머물렀는데, 태종이 여러 번 사자를 보냈으나 문안을 전달하지 못했다. 이에 성석린이 태조를 설득함으로써 태조와 태종이 화합하게 되었다.

성현(1439~1504) 호는 용재, 허백당. 조선 초기의 학자로 음악에도 정통해《악학궤범》을 편찬했다. 저서로 수필집《용재총화》, 문집《허백당집》이 있다.

성혼(1535~1598) 조선 중기의 성리학자. 호는 우계. 생원, 진사의 초시에는 합격했으나 복시에 응하지 않고 학문에만 전념했다. 또 이이와 사귀면서 평생지기가 되었고, 기호학파의 이론적 근거를 닦았다.

송순(1493~1582) 조선 중기의 문신. 호는 기촌, 면앙정. '면앙정 가단'의 창설자이며 강호가도(조선 시대 시가 문학에서 보이는 자연 예찬의 풍조)의 선구자이다. 성격이 너그럽고 후했으며, 특히 음률에 밝았다.

신광수(1712~1775) 조선 영조 때 문인. 호는 석북. 과시(과거 시험을 치를 때 짓는 시)에 능했고, 농촌의 피폐상과 관리의 부정과 횡포 및 하층

민의 고난을 시의 소재로 택해 사실적으로 그려냈다.

신사임당(1504~1551) 율곡 이이의 어머니. 호는 사임당. 시, 그림, 글씨
에 능했으며, 오늘날에도 현모양처의 본보기로 널리 알려져 있다. 사
임당의 모습은 율곡이 쓴 사임당의 행장에 잘 나타나 있다.

신흠(1566~1628) 호는 상촌. 장남 신익성은 선조의 딸인 정숙옹주의
부마이다. 1613년 계축옥사가 일어나자 선조로부터 영창대군의 보
필을 부탁받은 유교칠신(조선 시대에 선조가 승하할 때 유언을 내린, 신임하
던 일곱 사람의 신하)인 까닭으로 파직되었다. 1616년 춘천에 유배되었
다가 1621년에 사면되었다. 문장이 뛰어났으며 문집으로《상촌집》이
있다.

양사언(1517~1584) 조선 전기의 문인이자 서예가. 호는 봉래. 40년간
이나 관직에 있으면서도 청렴하여 유족에게 재산을 남기지 않았다.
한자 서체의 한 종류인 해서와 초서에 뛰어났으며, 안평대군, 김구,
한호와 함께 조선 4대 서예가로 일컬어진다.

어무적(?~?) 조선 중기의 시인. 어머니가 관비임에도 불구하고 어려
서부터 글을 익혀 시를 지었다. 재능은 뛰어났지만 신분이 낮아 불우
하게 살다가 유랑 중에 죽었다.

오윤겸(1559~1636) 조선 중기의 문신. 1617년 정사로 일본에 가서 임

진왜란 때 잡혀갔던 포로 150여 명을 데리고 왔으며, 일본과의 수교를 정상화했다. 재상의 자리에 있으면서 대동법의 시행을 추진하고, 서얼의 등용을 주장했다.

우탁(1263~1342) 고려 말의 유학자. 벼슬에서 물러나 예안에 은거하면서 후진 교육에 전념했다. 당시 원나라를 통해 새로운 유학인 정주학을 깊이 연구해 후학들에게 전해주었다. 시조 두 수가 전한다.

원증국사 보우(1301~1382) 고려 말기의 승려. 대한불교조계종의 종조(한 종파를 세워서 그 뜻을 널리 펼친 사람을 높여 이르는 말)로서, 당시 불교계의 타락에 대해 개혁의 필요성을 주장했다.

원천석(1330~?) 두문동 72현의 한 사람이며 원주 원씨의 중시조(쇠퇴한 가문을 다시 일으킨 조상)이다. 고려 말에 정치가 문란함을 보고 치악산에 들어가 농사를 지으며 부모를 봉양하고 살았다. 시조 한 수가 전한다.

유승단(1168~1232) 고려 중기의 문신. 초명은 원순. 고문(古文)에 정교하여 '원순의 문장'이라고 불리기도 했다.

유응부(?~1456) 무인이며 사육신의 한 사람이다. 효성이 지극해 집이 가난했으나 어머니를 잘 봉양했으며 생활이 지극히 검소했다고 〈육신전〉에 전한다.

윤두수(1533~1601) 조선 중기의 문신. 평소 온화하고 화평했으나 직언을 잘했다. 임진왜란의 위기 극복에 힘써 난국을 수습했다.

윤선도(1587~1671) 1616년(광해군 8) 성균관 유생으로서 권신들을 규탄하는 상소를 올렸다가 함경도 경원으로 유배되고, 그곳에서 〈견회요〉와 〈우후요〉를 지었다. 1628년(인조 6) 문과에 장원으로 합격해 봉림대군과 인평대군의 스승이 되었다. 병자호란으로 왕이 항복했다는 소식을 듣고 이를 부끄럽게 생각하고 제주도로 가던 중 보길도의 아름다운 경치에 이끌려 정착한다. 이곳에 '부용동'이라는 정원을 짓고 그곳에서 풍류를 즐겼다. 시조 70여 수가 전한다.

을지문덕(?~?) 고구려 영양왕 때의 장군. 612년 살수에서 수나라 군사 30만을 격멸시킨 살수대첩으로 위기에 처한 고구려를 구했다.

이개(1417~1456) 고려 말 대학자인 이색의 증손으로, 단종 복위 운동의 실패로 죽임을 당했다. 사육신의 한 사람이다.

이규보(1168~1241) 호는 백운거사, 삼혹호선생. 열여섯 살 때부터 강좌칠현(고려 후기에 명예와 이익을 떠나 사귀던 일곱 선비)과 관계를 맺었다. 1189년(명종 19) 사마시에 수석으로 합격하고 이듬해 예부시에 급제했다. 그러나 관직을 받지 못하고, 스물다섯 살 때 개성 천마산에 들어가 글을 지으며 세월을 보냈다. 백운거사라는 호는 이때 지은 것이다. 문집으로《동국이상국집》이 있다.

이달(1539~1612) 조선 중기의 시인. 호는 손곡. 허균의 스승이었으므로 허균이 그를 위해 〈손곡산인전〉을 지었고, 문집 《손곡집》을 엮었다. 최경창, 백광훈과 함께 '삼당시인'으로 불린다.

이달충(1309~1385) 고려 말의 학자이자 문신. 신돈이 권력을 쥐고 흔들 때 직언하다 파면되기도 했다.

이덕무(1741~1793) 호는 형암, 아정, 청장관, 신천옹. 박학다식하고 문장이 뛰어났으나 서자였기 때문에 크게 등용되지 못했다. 박지원, 홍대용, 박제가, 유득공, 서이수 등 북학파 실학자들과 깊이 교유해 많은 영향을 주고받았다. 1778년(정조 2) 서장관으로 북경에 가서 청나라 학자들과 교유했다. 1779년 박제가, 유득공, 서이수와 함께 초대 규장각 검서관이 되었다. 그가 죽자 정조는 그의 아들 이광규를 검서관으로 임명했다. 저서로 《청장관전서》가 있다.

이방원(1367~1422) 조선 제3대 임금인 태종의 이름이다. 두 차례 왕자의 난을 통해 권력을 장악하고, 1400년 정종의 양위를 받아 등극했다. 왕권을 강화하고 중앙 집권을 확립하기 위해 공신과 외척을 과감하게 제거해 뒷날 세종이 문화정치를 이루는 데 기초를 마련했다.

이산해(1539~1609) 조선 중기의 문신. 조선 중기 붕당정치의 핵심적인 인물로 붕당정치로 부침을 많이 겪었다. 문장에도 능해 선조 대 '문장 8대가'의 한 사람으로 불렸다. 《토정비결》의 작자로 알려진 토정 이지함의 조카이다. 문집으로 《아계집》이 있다.

이색(1328~1396) 이곡의 아들이며 이제현의 문인. 1389년(공양왕 1) 우왕이 쫓겨나자 조민수와 함께 창왕을 옹립해 이성계 일파를 견제했다. 1395년(태조 4) 한산백에 봉해졌지만 이성계의 출사 권유를 끝내 고사했다.

이순신(1545~1598) 조선 선조 때의 무신. 시호는 충무. 1592년 임진왜란이 일어나자 전라좌도 수군절도사로 옥포해전, 노량해전, 당항포해전 등을 승리로 이끌었다. 1598년 11월 19일, 노량에서 퇴각하기 위해 집결한 500척의 적선을 물리치다 전사했다. 죽는 순간 "싸움이 바야흐로 급하니 내가 죽었다는 말을 삼가라."라는 말을 남기고 눈을 감았다.

이숭인(1347~1392) 고려 말기의 학자. 호는 도은. 문장이 뛰어났지만 정몽주의 당이라 하여 삭직(죄를 지은 자의 벼슬과 품계를 빼앗고 벼슬아치의 명부에서 그 이름을 지우던 일)당하고 유배되었다가 귀양지에서 매를 맞아 죽었다.

이안눌(1571~1637) 조선 중기의 문신. 호는 동악. 문집에 4000여 수의 시가 있는데, 특히 두보의 시를 만 번이나 읽었다고 한다. 당시에 뛰어나 이태백과 비교되었다.

이양연(1771~1853) 조선 후기의 문신. 문장이 뛰어났으며 성리학에 밝았다.

이옥봉(?~?) 이봉의 서녀로 정실부인이 되지 못하고 조원(1544~1595) 의 소실이 되었다. 30여 편의 시가 전한다.

이우(1469~1517) 조선 중기의 문신. 이황의 숙부이며, 문장이 맑고 시 에 뛰어났다.

이이(1536~1584) 호는 율곡. 아버지는 이원수, 어머니는 현모양처로 추앙받는 사임당 신씨이다. 여덟 살 때 파주 화석정에 올라 시를 지을 정도로 문학적 재능이 뛰어났다. 아홉 차례의 과거에 모두 장원을 차지해 '구도장원공'이라 일컬어졌다. 1569년 선조에게 〈동호문답〉을 지어 올렸고, 1575년 주자학의 핵심을 간추린 《성학집요》를, 1577년 아동 교육서인 《격몽요결》을 편찬했다. 특히 그는 〈만언봉사〉를 비롯한 많은 글을 통해 정치, 경제, 국방 등에 가장 필요한 방안을 구체적으로 제시했고, 언로를 개방하고 여론을 살필 것을 역설했다.

이인로(1152~1220) 고려 무신정권 때의 문신. 1170년 무신란이 일어나자 불문에 귀의했다가 환속했다. 1180년(명종 10) 스물아홉 살 때 진사과에 장원 급제하여 이름을 떨치고, 임춘, 오세재 등과 어울려 시와 술로 즐기며 '죽림고회'를 이루어 활동했다. 문학에서 신의를 중시했고, 저서로는 《파한집》이 전한다.

이정(1454~1489) 조선 제9대 임금인 성종의 친형인 월산대군. 왕위 계
승에서 가장 유리한 위치를 차지했지만, 동생 성종이 왕위에 오르자
현실을 떠나 자연 속에 은둔해 여생을 보냈다.

이정보(1693~1766) 조선 후기의 문신. 성품이 엄정하고 강직해 바른
말을 하다가 여러 번 파직되었다. 70여 수의 시조가 전한다.

이정신(?~?) 조선 후기 영조 때 현감을 지낸 가객. 사설시조 두 수를
포함한 10여 수의 시조가 전한다.

이제현(1287~1367) 호는 익재, 역옹. 원나라의 수도 연경에 가서 만권
당을 짓고 원나라의 학자들과 교유했다. 저서로 《익재난고》, 《역옹패
설》이 있다.

이직(1362~1431) 1377년(우왕 3) 16세로 문과에 급제해 공양왕 때 예
문제학을 지냈다. 1392년 조선 개국에 참여해 3등 개국공신이 되고
성산군에 봉해졌다.

이황(1501~1570) 조선 중기의 문신이자 학자. 호는 퇴계. 스무 살 무
렵 《주역》에 몰두해 건강을 해치기도 했다. 34세(1534)에 문과에 급제
하고 관직에 발을 들여놓았으나 중종 말년부터 나라가 어지러워지자
관직을 떠나 산림에 은퇴할 뜻을 품었으며, 이후 벼슬이 주어지면 사
양하거나 물러나는 일이 많았다. 고향인 낙동강 상류 토계에서 독서

에 전념했는데, 이때 토계를 퇴계라 바꾸어 부르고 자신의 호로 삼았다. 60세(1560)에 도산서당을 짓고 독서와 저술에 힘쓰는 한편 많은 제자를 길렀다. 그가 죽은 후에 고향 사람들이 도산서당 뒤에 서원을 지어 도산서원의 사액을 받았다.

임억령(1496~1568) 조선 중기의 문신. 호는 석천. 1545년 을사사화 때 금산 군수로 있었는데, 동생 임백령이 소윤에 가담해 대윤의 많은 선비를 추방하자 자책을 느끼고 벼슬을 물러났다.

임유후(1601~1673) 조선 중기의 문신. 담양 부사로 있을 때 백성들을 잘 구제해 청백리(재물에 대한 욕심이 없이 곧고 깨끗한 관리)로 뽑혔다.

임제(1549~1587) 호는 백호. 어려서부터 지나치게 자유분방해 스승이 없었고, 스무 살이 넘어서 성운에게 배웠다. 성격이 호방하고 얽매임을 싫어했다. 여러 아들에게 유언하기를, "천하의 여러 나라가 제왕을 일컫지 않은 나라가 없었는데, 오직 우리나라만은 끝내 제왕을 일컫지 못했다. 이와 같이 못난 나라에 태어나서 죽는 것이 무엇이 아깝겠느냐! 너희는 조금도 슬퍼할 것이 없다."라고 한 뒤에 "내가 죽거든 곡을 하지 마라."라고 했다. 여러 곳을 유람하고 많은 일화를 남겼다. 황진이의 무덤을 찾아가 시조를 짓고 제사를 지냈다가 부임도 하기 전에 파직당하기도 했고, 기생 한우와 시조를 주고받기도 했다. 〈수성지〉, 〈화사〉, 〈원생몽유록〉 등의 한문소설을 지었고, 문집으로 《임백호집》이 있다.

장만(1566~1629) 조선 후기의 문신. 광해군의 잘못된 정치를 비판하여 노여움을 사기도 했다. 인조반정으로 도원수에 임명되어 후금의 침입에 대비했으며, 1624년(인조 2) 이괄이 반란을 일으키자 관군과 의병을 모집해 진압했다.

장연우(?~1015) 고려 전기의 관인.

장유(1587~1638) 조선 중기의 문신. 호는 계곡. 일찍이 양명학을 익히고 주기론(조선 성리학의 두 가지 흐름 중 하나)을 취했다. 문장이 뛰어나 이정구, 신흠, 이식 등과 더불어 '한문 4대가'로 일컬어졌다. 저서로는 《계곡집》,《계곡만필》 등이 있다.

전봉준(1855~1895) 조선 말기 동학농민혁명을 이끈 지도자.

정관 일선(1533~1608) 조선 중기의 승려. 휴정의 심인(글이나 말로 나타낼 수 없는 내심의 깨달음을 이르는 말)을 이어받았다. 임진왜란 때 군사 활동을 했던 승려들인 승군에 대해 부정적인 입장을 보였다.

정도전(1342~1398) 고려 말 조선 초의 정치가이자 학자. 호는 삼봉. 1383년 9년간에 걸친 힘든 유배·유랑 생활을 청산하고, 이성계를 찾아가 만나 뒷날 조선 건국의 기초를 닦았다. 조선 개창의 주역을 담당해 조선 개국 후 개국 일등공신으로 정권을 장악했다. 제1차 왕자의 난 때 이방원의 기습을 받아 죽임을 당했다.

정몽주(1337~1392) 고려 말의 문신이자 학자. 호는 포은. 어머니 이씨가 난초 화분을 품에 안고 있다가 땅에 떨어뜨리는 꿈을 꾸고 낳았기 때문에 어릴 때 이름을 몽란이라 했다가 다시 몽룡으로 바꾸고 성인이 되자 다시 몽주로 고쳤다. 1360년 문과에 장원 급제했으며, 1372년에는 서장관으로 명나라에 다녀오고, 이후 왜에 사신으로 가서 잡혀갔던 백성 수백 명을 구해 오기도 했다. 이성계의 명성이 높아지자 그를 추대할 음모가 있을 줄을 알고 이성계 일파를 제거할 기회를 엿보고 있었다. 그러나 선죽교에서 이방원의 문객 조영규에게 살해되었다.

정약용(1762~1836) 조선 정조 때의 학자이자 문신. 호는 다산, 사암, 여유당 등. 스물두 살 때 진사 시험에 합격한 후 정조의 총애를 받아 두루 관직을 거쳤으나, 정조가 죽고 난 후 경북 포항 장기, 전남 강진 등에서 약 17년간 긴 유배 생활을 했다. 이 시절에 《경세유표》(1817), 《목민심서》(1818) 등을 저술했다.

정지상(?~1135) 고려 인종 때 문신. 서경 출신으로 서울을 서경으로 옮길 것을 주장해 김부식의 개경 세력과 대립했다. 묘청이 난을 일으키자 김부식에게 죽임을 당했다.

정철(1536~1593) 조선 중기의 문신. 호는 송강. 어려서 인종의 후궁인 누이와 계림군 이유의 부인이 된 막내 누이로 인해 궁중에 출입했다. 이때 같은 나이의 경원대군(명종)과 친해졌다. 1551년(명종 6) 전라도 담양 창평으로 가서 과거에 급제할 때까지 10여 년을 보내며 임억령, 김인후, 송순, 기대승에게 학문을 배웠다. 또 이이, 성혼, 송익필과도 사귀었다. 1580년(선조 13) 마흔다섯 살 때 강원도 관찰사가 되어 〈관동별곡〉을 지었다. 뒤에 동인의 탄핵을 받아 사직하고 고향 창평으로 돌아가 4년간 은거했다. 이때 〈사미인곡〉, 〈속미인곡〉 등을 지었다. 문집인 《송강집》과 시가 작품집인 《송강가사》가 있다.

조식(1501~1572) 조선 중기의 학자. 호는 남명. 경상도 삼가현에서 태어나 서울로 올라가 공부해 스물두 살 때 과거 시험을 봤으나 관직에 나아가지 못했다. 스물여섯에 아버지를 여의고 고향으로 돌아가 삼년상을 마친 뒤, 서른 살 되던 해 처가가 있는 김해로 거처를 옮겨 독서에 힘썼다. 서른일곱 살에 어머니의 권유로 과거에 응시했지만 낙방하자 과거를 포기하고 처사로서 삶을 영위하며 본격적인 학문 연구에 힘썼다.

조운흘(1332~1404) 고려 말 조선 초의 문신. 고려 말 조선 초의 전환기에 현실 참여와 은둔 사이에서 고민한 지식인의 모습이 시에 잘 나타나 있다.

죽서(?~?) 조선 후기의 시인. 시를 잘 지었으나 몸이 약해 일찍 죽었다.

진각국사 혜심(1178~1234) 고려 중기의 승려.

청매 인오(1548~1623) 조선 중기의 승려. 임진왜란 때 승병을 거느리고 왜적과 싸웠으며 불교를 일으키는 데 힘썼다.

청허 휴정(1520~1604) 흔히 서산대사라고 하며, 호는 청허, 법명은 휴정. 어려서 성균관에서 공부하고 과거를 보기도 했으나 실패하고 뒤에 출가했다. 1549년(명종 4) 과거에 급제해 관직을 얻었다. 1592년 임진왜란이 일어나자 승려를 이끌고 왜군과 싸웠다. 그는 "선은 부처님의 마음이고 교는 부처님의 말씀이다."라고 하여 선과 교를 통합하려고 노력했다. 저서로《청허당집》,《선가귀감》 등이 있다.

최립(1539~1612) 조선 중기의 문인. 1559년(명종 14) 문과에 장원으로 급제했다. 문장을 인정받아 중국과의 외교 문서를 많이 작성했다.

최영(1316~1388) 고려 말의 장군. 고려 말 왜구와 홍건적이 침입했을 때 물리쳐 공을 세웠다. 1388년 명나라에 맞서 요동 정벌을 결심하고 그 책임을 맡아 지휘했다. 그러나 이성계의 반발로 요동 정벌은 실패로 끝나고 결국 죽임을 당했다.

최치원(857~?) 신라 말의 학자. 육두품 출신으로, 열두 살에 당나라에 건너가 열여덟 살에 외국인을 대상으로 실시한 과거 시험에 합격했다. 879년 황소가 반란을 일으키자 〈토황소격문〉을 써서 명성을 얻었다. 스물아홉 살 되던 885년에 신라에 돌아와 나랏일을 하려 했으나, 그의 뜻이 받아들여지지 않자 가야산에 들어가 숨어 살다가 죽었다.

한우(?~?) 조선 선조 때 기생. 임제가 부른 노래에 화답한 시조 한 수가 《청구영언》에 전한다.

한호(1543~1605) 조선 중기의 서예가. 호는 석봉. 글씨를 잘 썼으나 출신의 한계로 벼슬은 군수에 그쳤다.

허난설헌(1563~1589) 조선 중기의 시인. 본명은 허초희, 호는 난설헌. 아버지 허엽, 오빠 허봉, 남동생 허균 모두 문장으로 이름을 떨쳤다. 여덟 살에 〈광한전 백옥루 상량문〉을 지어서 신동이라는 말을 들었다. 동생 허균과 함께 이달에게 시를 배웠다. 열다섯 살 무렵에 김성립과 결혼했으나 부부 생활이 원만하지 못했고, 시어머니와도 사이가 좋지 못해 힘든 삶을 살아야 했다. 사랑하던 남매 자식을 잃은 뒤에 설상가상으로 배 속의 아이까지 잃는 아픔을 겪었다. 불우하게 살다가 스물일곱 살의 젊은 나이로 죽었다.

허봉(1551~1588) 조선 중기의 문인. 호는 하곡. 허난설헌의 오빠이자 허균의 형이다. 시를 잘 썼는데, 서른여덟의 젊은 나이로 죽었다.

허응당 보우(1509~1565) 조선 중기의 승려. 문정대비의 비호 아래, 도첩 제도(백성이 출가하는 것을 억제하기 위해 승려가 되려는 자에게 일정한 대가를 받고 허가장을 내주던 제도)와 승과 제도(승려가 되기 위해 보게 하던 과거)를 부활시키는 등 억불정책 속에서 불교를 일으키는 데 힘썼다.

홍가신(1541~1615) 조선 중기의 문신. 성리학에 관심이 깊었고, 이기 일원론을 주장했다.

홍랑(?~?) 조선 중기의 기생.

홍장(?~?) 고려 말 조선 초 강릉의 기생. 시조 한 수가 전한다.

홍춘경(1497~1548) 조선 중기의 문신. 성품이 강직해 권력에 굴하지 않았다.

황진이(?~?) 조선 시대 개성 출신의 기생. 기명은 명월. 박연폭포, 서경덕과 함께 '송도삼절'로 불린다.

황현(1855~1910) 구한말의 순국지사. 호는 매천. 1910년 8월 일본에 나라를 빼앗기자 분함을 참지 못하고 〈절명시〉 네 수를 남기고 자결했다.

국어시간에 옛시읽기

1판 1쇄 발행일 2021년 2월 15일

옮긴이 전국국어교사모임

발행인 김학원
발행처 (주)휴머니스트출판그룹
출판등록 제313-2007-000007호(2007년 1월 5일)
주소 (03991) 서울시 마포구 동교로23길 76(연남동)
전화 02-335-4422 **팩스** 02-334-3427
저자·독자 서비스 humanist@humanistbooks.com
홈페이지 www.humanistbooks.com
유튜브 youtube.com/user/humanistma **포스트** post.naver.com/hmcv
페이스북 facebook.com/hmcv2001 **인스타그램** @humanist_insta

편집책임 문성환 **편집** 김사라 **디자인** 이수빈
용지 화인페이퍼 **인쇄** 청아디앤피 **제본** 정민문화사

ⓒ 전국국어교사모임, 2021

ISBN 979-11-6080-600-7 43810